I0657640

INVENTAIRE
D
70607.

D

AVANT

LA

PREMIÈRE COMMUNION

D

Nº 155

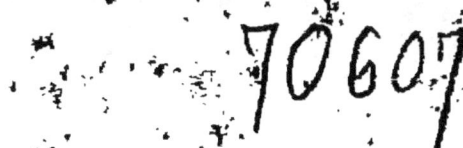

PROPRIÉTÉ DES ÉDITEURS

AVANT

LA

PREMIÈRE COMMUNION

IMPRESSIONS

D'UNE JEUNE FILLE

RECUEILLIES

PAR Mme DULAC

Indre-et-Loire

No. 232

18 9

TOURS

A. MAME ET FILS, ÉDITEURS

1895

DÉDIÉ

AUX ENFANTS

DE

LA PREMIÈRE COMMUNION

Qui peut nier le charme
et la puissance des sou-
venirs?

Est-il une douceur plus
grande que de remonter
le passé, sur les traces de
ceux qui nous ont précédés
en ce monde?... de revivre
leurs douleurs ou leurs
joies?... Dans ce chemin
parcouru en arrière, que
de profits pour notre inex-
périence!... Quelle méditation salutaire nous offre

le tableau des luttes sup-
portées sans faiblir, des
épreuves souffertes avec
courage;... le récit des
chutes ou des victoires qui
ont déjà subi leur expia-
tion, ou mérité leur ré-
compense!

Fidèle à ce culte des an-
cêtres, j'ouvrais dernière-
ment, avec un pieux res-
pect et d'une main un peu
tremblante, un vieux se-
crétaire légué par une
grand'mère vénérée. Il me
semblait que de chaque
tiroir entr'ouvert quelque
chose de la chère morte
allait s'échapper pour m'en-
velopper d'une atmosphère
de tendresse et de protec-

tion! Et ce rêve, si c'en était un, n'était pas trompeur.

Toute la vie de cette femme de bien était contenue dans cet étroit espace... Chacune des reliques dont la vue me troublait si doucement témoignait de sa haute piété, de son ardent amour maternel; racontait ses nombreux travaux, sa charité cachée et inépuisable.

Elle se survivait à elle-même par les conseils les plus éclairés, les encouragements les plus tendres, adressés à ses enfants. Il semblait qu'elle nous eût à tous, aplani la route et

qu'à sa suite la vertu, devenue notre héritage, dût s'acquérir sans efforts !

J'allais terminer l'émouvant inventaire, qui m'avait à la fois ébranlé et réconforté, lorsque, dans un coin caché, j'aperçus un petit cahier. Les feuillets jaunis étaient liés par des faveurs jadis bleues, l'écriture était celle d'une enfant....

Les premières pages, qui semblaient avoir été ajoutées et dont les caractères étaient beaucoup plus formés, étaient en partie déchirées, et ne contenaient plus qu'un passage, véritable introduction de ce

petit recueil, tout embaumé d'amour divin et de pureté, qui me révéla le secret de cette longue vie de mérites.

Je le reproduis fidèlement, et sans aucun commentaire, avec l'espoir que le lecteur ne s'en tiendra pas là, et que ces pages naïves et sincères trouveront le chemin des jeunes cœurs auxquels je les dédie, en souvenir de celle dont l'âme s'y reflète tout entière.

« L'Écriture sainte dit, en parlant du paradis, que *l'œil de l'homme n'a pas vu ses merveilles, que son oreille n'a pas entendu*

ses concerts!...Le bonheur
dont jouissent les élus ne
peut donc se raconter en
aucune langue. Il en est
de même des joies que goûte
une jeune âme qui s'est
bien préparée à sa première
communion. Il faudrait
une plume tombée de l'aile
d'un ange pour les dé-
crire...

« Et cependant le désir
d'initier à ces ravissements
divins ceux qui nous sui-
vent dans la vie, et qui,
ayant comme nous à lutter
et à souffrir, auront besoin
de réconfort, doit forcé-
ment naître chez tous les
chrétiens que la gloire de
Dieu et le salut des âmes

préoccupent. Le trésor de bonheur que j'ai amassé en ce jour déjà lointain est si inépuisable, que je peux le partager sans l'amoindrir.

« Enfants qui me lirez, voulez-vous que les souvenirs si doux qui font ma consolation deviennent pour vous une douce réalité?...

« Si tel est votre désir, prêtez-moi votre attention, ouvrez surtout votre cœur! et puissiez-vous retrouver dans ces pages le parfum d'une heure bénie entre toutes! Les tempêtes de ce monde n'ont pu le dissiper.

« Si en le respirant vous sentez vos yeux se mouiller, votre cœur s'attendrir ; si une pensée d'amour céleste germe en vous, je serai récompensée bien au delà de mes faibles mérites... »

« Aimons Jésus ! Aimons-nous les uns les autres, jusqu'à l'éternelle réunion ! »

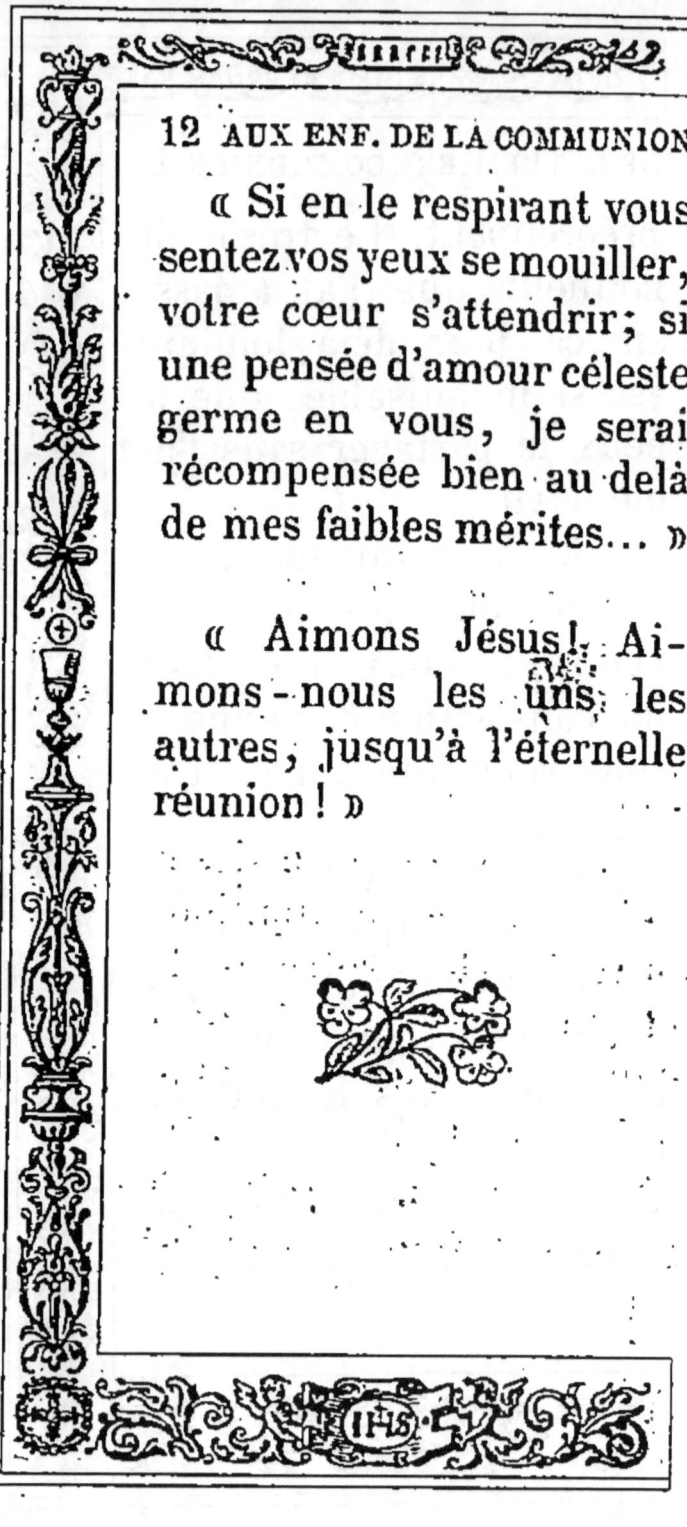

PREMIÈRE JOURNÉE

Dans huit jours je serai à la veille de ma première communion... Quelle pensée douce et terrifiante, à la fois!

Une semaine c'est si court, si vite passé! Depuis de longs mois je brûle du désir de voir arriver ce grand jour, et à présent que j'y touche, je tremble!

Il me semble que j'ai les mains vides pour m'approcher du sanctuaire!

Qu'ai-je à offrir à Dieu?

Oh! que je voudrais, même au prix de mille peines, pouvoir amasser en un instant tous les mérites que j'ai négligé d'acquérir!

Que je serais heureuse de

pouvoir réparer tous mes manquements, tous mes oublis, d'accumuler les bonnes actions et les sacrifices!

Ce que j'éprouve doit ressembler à ce que ressentent, au moment de la mort, les âmes qui ont vécu dans la tiédeur et l'indifférence!

Avec quelle ferveur elles supplient le souverain Juge de les laisser vivre encore, de leur donner le temps de *mériter!*

Quelquefois elles sont exaucées. Mais si tous les moyens de salut leur ont été accordés depuis leur naissance, si elles en ont abusé, si elles ont reçu l'abondance des grâces et si elles l'ont laissée perdre, le Maître reste inexorable. Cette pensée me glace d'épou-

vante, et je supplie mon bien-
aimé Jésus de ralentir la
marche des heures, de me permettre de lui prouver que je
l'aime!

J'accepte d'avance les devoirs les plus ennuyeux, les
soumissions qui répugneront
le plus à mon amour-propre;
je consens à être grondée,
humiliée; je veux me priver
de tout ce qui me plaît, de tout
ce que j'aime.

Tout me sera doux et facile,
mon Sauveur, pourvu que vous
ne me repoussiez pas comme
trop indigne!

Oh! la parabole des vierges
folles et des vierges sages!
Elle m'impressionne chaque
jour davantage, et cependant
je ne puis m'empêcher de la
relire sans cesse.

J'éprouve une si grande pitié pour ces pauvres endormies qui ont laissé éteindre leur lampe! Elles ont eu un long chemin à faire, comme les autres; mais le courage leur a manqué, la vigilance aussi.

Elles ont oublié d'alimenter la petite flamme qui devait les éclairer, les guider jusqu'à la demeure du céleste Époux! Quelle douleur, quelle amertume, quels regrets impuissants quand elles ont vu les portes s'ouvrir et se refermer sur leurs compagnes!

Quelles ténèbres après cette éblouissante clarté à peine entrevue!

Mon Dieu! cette terreur me hante à tel point, que j'ai peur de pécher par manque de confiance! Eloignez de moi la

crainte qui glace le cœur, qui le paralyse; mais en même temps donnez-moi l'amour qui agit. Faites-moi voir bien clairement où je trouverai l'huile sainte sans laquelle la route que je dois suivre resterait obscure. Et puis, mettez-moi à l'épreuve.

Mais rappelez-vous, Dieu bon, que je ne suis qu'une petite enfant, et que mes forces ne sont pas bien grandes.

PRIÈRE

Vierge sainte! et vous, saint Joseph, qui avez entouré l'enfance de Jésus de si tendres soins, vous qui l'avez porté entre vos bras, protégé contre tous les dangers, entendez ma prière! C'est celle d'une petite créature qui se sent bien faible

et se trouve bien pauvre! Ne vous touchera-t-elle pas?

Depuis douze ans que je suis sur la terre, si je n'ai pas fait beaucoup de mal je n'ai pas fait de bien non plus. J'ai tout reçu, et je n'ai rien donné.

De mon Créateur je tiens la vie, la santé, la faveur inestimable d'être née chrétienne et catholique au milieu d'une pieuse famille. Mes parents chéris m'ont fait connaître le bonheur d'être aimée, réchauffée par la plus douce tendresse; grâce à eux je n'ai manqué de rien, ils n'ont cessé de prévoir mes besoins et mes désirs!

Que de soins incessants ils m'ont prodigués dans ma petite enfance! mais que d'inquiétudes aussi! Je vois encore les

grosses larmes qui perlaient dans leurs yeux à ma moindre souffrance. O Marie! faites que je ne les oublie jamais ces larmes!

Ne permettez pas que je réponde à tant d'amour par de la dureté ou de l'ingratitude ; et si un jour mon cœur venait à se dessécher, faites que le souvenir de ces pleurs soit comme une douce rosée capable de l'attendrir. Inspirez-moi la reconnaissance que je dois à mon Père du ciel, à mes parents de la terre.

Sainte Vierge, je vous consacre cette dernière semaine, bénissez-la!

Mon saint ange gardien, restez près de moi, ne me quittez pas!

Avant de m'endormir, je vais m'examiner sur mon défaut dominant et lire le XIX⁰ chapitre du III⁰ livre de l'*Imitation*. Puis je dirai une dizaine de chapelet en méditant sur le mystère de la Crèche. Je verrai Marie et Joseph veillant sur l'Enfant-Jésus, et j'offrirai mes prières pour mes parents!

SAINTE DÉVOTE

Une mer d'azur, de fières montagnes qui détachent sur un ciel toujours pur leur profil dentelé; des rochers escarpés qui paraissent s'entr'ouvrir pour livrer passage à une végétation splendide; des bois d'oliviers, d'orangers et de citronniers, dont les vagues

sombres viennent au-devant
des flots bleus : telles sont les
merveilles que le Créateur
semble s'être complu à accumuler sur le littoral de la
Méditerranée.

Au moment où s'ouvrait
l'ère chrétienne, ce pays en-
chanteur n'avait pas encore vu
troubler le mystère de ses
anses profondes.

Le génie conquérant de
Rome avait bien tracé une
route hardie au sommet des
hautes collines qui dominent
la mer, et par là ses légions
avaient envahi les Gaules;
mais les bergers et les pêcheurs
connaissaient seuls la plupart
des retraites où la vague apai-
sée changeait en émeraude
ses eaux de turquoise.

Cependant un point de ce ri-

vage enchanté avait attiré l'attention des navigateurs phéniciens. Séduits par l'étrange beauté d'un rocher qui s'avance, fendant les eaux comme la proue d'un navire, ils y avaient établi un comptoir, et l'ayant placé sous la protection d'Hercule, ils l'avaient appelé Monos Oïkos ou maison isolée.

Telle est l'origine de Monaco.

Saint Nazaire, en venant s'établir à Cimiez, près de Nice, jeta dans la contrée les premiers germes de la foi, et au début du IVe siècle une petite colonie chrétienne s'était formée dans la cité païenne.

Un soir du mois de mars 303, une violente tempête s'éleva, menaçant les côtes et mettant en péril toutes les embarcations.

Remplis d'effroi, les habitants attendaient la fin de l'orage pour compter les désastres, lorsque tout à coup les vagues furieuses et écumantes, calmées comme par enchantement, firent place à une surface unie et paisible ; les nuages chargés de foudre disparurent à l'horizon, et sur la mer domptée ils virent s'avancer une barque que le vol d'une colombe semblait diriger.

Au fond du léger esquif, le corps d'une jeune vierge était couché sur un lit de fleurs.

Transportés d'admiration à la vue de ce prodige, les Monégasques reçurent avec des cris de joie les reliques de la sainte que Dieu leur envoyait. A l'endroit même où la barque avait abordé, ils élevèrent une

chapelle de feuillage, et sainte Dévote, martyre, devint la patronne de Monaco.

Dévote était née à Marianna, en Corse, vers l'an 283, de parents très riches, mais païens. Elle fut confiée à une nourrice chrétienne, qui la fit baptiser et lui enseigna les premières vérités de la religion.

La divine semence fructifia dans son cœur innocent; la prière et la lecture des saints livres devinrent de bonne heure ses occupations favorites. Elle y joignit bientôt la pénitence la plus austère, jeûnant toute l'année, sauf le jour de Pâques.

Devenue orpheline, et appelée à vivre dans le palais d'Eutychius, sénateur et sans doute l'un de ses parents, la

jeune fille continua sa vie de mortification, malgré les tentations dont elle était entourée.

Sa vertu était si rayonnante, qu'elle inspirait le respect aux païens eux-mêmes.

Mais Dieu attendait d'elle un témoignage plus éclatant encore.

Effrayé par les menaces de la Pythonisse du temple d'Apollon, qui réclamait la destruction des justes, c'est-à-dire des chrétiens, Dioclétien consentit à imiter l'exemple de ses prédécesseurs et à ordonner une nouvelle persécution.

Des gouverneurs furent envoyés dans toutes les provinces avec mission de rechercher tous ceux qui pratiquaient la religion nouvelle.

Le cruel Barbarus, à peine

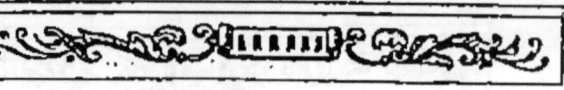

débarqué en Corse, réunit au temple tous les patriciens et officiers dévoués à l'empire. Il offrit un sacrifice aux dieux, et dans le banquet qui suivit, il exigea de ses hôtes des dénonciations.

Le nom de Dévote avait été donné des premiers comme suspect. Questionné à son sujet, Eutychius refusa de répondre. Deux jours après il mourait empoisonné, payant de sa vie un dévouement à une cause qui n'était pas encore la sienne.

Dès qu'elle fut privée de son protecteur, la jeune fille tomba sans défense entre les mains de ses ennemis. Amenée devant le tribunal du gouverneur, elle refusa de sacrifier aux faux dieux. «Je méprise vos

idoles de métal et de pierre! »
s'écria-t-elle avec courage. On
lui meurtrit la bouche pour la
punir de ce prétendu blas-
phème, puis on la traîna sur
un chemin semé de pierres ai-
guës. Mais elle souriait et
s'écriait : « Seigneur, je vous
rends grâces de me trouver
digne de la couronne du martyre! » Exaspéré, Barbarus la
fit étendre sur un chevalet ;
ses membres délicats furent
brisés, mais le sourire radieux
ne quitta pas ses lèvres, et
quand le divin Époux jugea
qu'elle avait assez souffert
pour lui, au moment où il mettait fin à ses tortures : « Seigneur Jésus! s'écria-t-elle,
recevez-moi dans vos bras,
c'est pour vous que j'endure
ces tourments! »

Son âme, sous la forme d'une blanche colombe, s'échappa alors et prit son vol vers les cieux. Les restes des saints et des martyrs sont des sources de bénédictions pour les générations à venir ; aussi Dieu ne permet pas que leurs cendres soient dispersées.

Malgré les ordres du gouverneur, qui avait commandé de jeter aux flammes le corps de l'héroïque enfant, ses compagnes, aidées du prêtre Bennatus et du diacre Apollonius, parvinrent à s'en emparer.

Il fut embaumé, enveloppé d'étoffes précieuses et placé dans un riche cercueil. Pour le soustraire à toutes les recherches, on le plaça sur une barque qui devait faire voile

pour l'Afrique. Mais Dieu en avait décidé autrement. Une nouvelle église venait de se fonder, il voulut lui donner une protectrice : il commanda aux vagues de s'agiter, aux vents de souffler, et c'est ainsi que le corps de sainte Dévote, guidé par la colombe, symbole de son âme si pure, aborda à l'entrée du vallon de Gaumates, au pied du rocher de Monaco.

De siècle en siècle les Monégasques se montrèrent jaloux de la gloire de la sainte patronne. Ses reliques reposent dans la cathédrale, et sur l'emplacement de l'ancien oratoire une élégante chapelle a été construite.

Chaque année, le 27 janvier, une procession solennelle s'y

rend. L'évêque quitte sa basi-
lique et le prince son palais
pour honorer l'innocente enfant, la vierge martyre dont
le sang généreusement répan-
du a obtenu le triomphe de la
religion du Christ.

Que les faibles et les timides
se rassurent donc! Si elle est
unie à la pureté, leur jeunesse
elle-même deviendra un élé-
ment de victoire. Que sont les
vulgaires tentations de ce
monde à côté des roues et des
chevalets des persécutions?

Et comment une jeune âme
chrétienne pourrait-elle suc-
comber ayant devant les yeux
sainte Dévote souriant à ses
bourreaux?

DEUXIÈME JOURNÉE

LE MATIN

Je me suis examinée longuement hier au soir, et j'ai reconnu que j'avais deux défauts principaux dans lesquels je tombe souvent.

Ils prennent leur source, l'un dans le péché d'orgueil, l'autre dans celui de paresse.

Je crois, j'espère que je n'ai pas de vanité.

Je ne songe pas à me prévaloir de ma situation, que Dieu a faite meilleure que celle de bien d'autres. Mais je suis susceptible.

La moindre désapprobation me cause des désespoirs qui sont une forme déguisée de

l'amour-propre. Je vois bien que mes pauvres parents, me voyant si sensible, redoutent de me faire une observation!

Je vais faire tous mes efforts pour me vaincre ; et pour y arriver, dès que j'aurai mal fait une chose, j'irai m'en accuser près de maman.

Je veux faire bon accueil aux taquineries et aux plaisanteries de mes frères et sœurs, au lieu de prendre feu comme à l'ordinaire.

Cela me sera difficile, j'en ai peur ; car avec eux je ne suis pas retenue par le sentiment du respect.

J'ai lu quelque part, dans un conte, qu'une magicienne avait rétabli la bonne harmonie dans un ménage en obligeant la femme, à la moindre

dispute, à remplir sa bouche d'une eau d'une vertu merveilleuse.

Or il suffisait tout simplement d'avoir la bouche pleine pour ne pas répondre, et la querelle s'arrêtait d'elle-même.

Ce procédé serait parfait pour moi, si je pouvais avoir une bouteille d'eau dans ma poche...

Je vais tâcher de trouver un moyen de m'obliger à me taire...

... J'ai avoué que la paresse entrait pour quelque chose dans mon second défaut.

Je me lève cependant à l'heure voulue et sans me faire prier ; mes maîtres ne se sont jamais plaint de mon exactitude, mais dès que je suis seule et livrée à moi-même, je me laisse aller volontiers à ne rien faire.

Si je puis l'hiver m'offrir un bon fauteuil au coin du feu, je m'oublie indéfiniment à regarder voler les étincelles; les bûches à demi consumées me font l'effet de palais flamboyants, et je bâtis là-dessus toutes sortes d'histoires dans ma tête!

L'été je n'ai pas de plus grand plaisir que de m'étendre à l'ombre dans un fauteuil à bascule. Je resterais ainsi pendant des heures à suivre des yeux les hirondelles qui se poursuivent sous le ciel bleu, et à chercher des paysages et des figures fantastiques dans la lente transformation des nuages.

Et pourtant on me dit que le temps est une chose précieuse qui, une fois perdue, ne se rétrouve jamais! Pour évi-

ter toute tentation de ce genre, je vais donner un emploi déterminé à toutes les heures de mes journées, et je m'obligerai à ne choisir comme sièges que des tabourets!

Le chapitre de l'*Imitation* que j'ai lu hier soir m'a vivement frappée, et j'ai voulu revoir à plusieurs reprises les passages qui se rapportent tout particulièrement à mes résolutions d'aujourd'hui.

Celui-là n'est pas vraiment patient qui ne veut souffrir qu'autant qu'il lui plaît et de qui il lui plaît. Le véritable patient ne prend pas garde par qui il est exercé.

Car les plus petites choses ne sont jamais sans mérites devant Dieu, si elles sont souffertes pour lui!

Il me semble parfois que j'aurais été heureuse de vivre au temps des persécutions, de pratiquer ma religion en secret malgré des dangers sans nombre, d'endurer le martyre comme les premiers chrétiens.

Mais puisque Dieu ne m'appelle pas à confesser ma foi, peut-être lui serai-je aussi agréable en acceptant sans murmure et le sourire sur les lèvres les contrariétés de chaque jour. Maman dit souvent que les grands dévouements trouvent rarement à s'exercer, et que la vie se compose plutôt de petites actions que de grandes?

Je m'appliquerai donc aux actes de vertu modestes que personne ne voit ni ne loue;

si infime que soit le sujet de
l'épreuve je l'accepterai, et
je tâcherai de l'ennoblir en
offrant à Dieu l'effort que je
ferai pour lui plaire.

LE SOIR

Je n'ai jamais été si humiliée !

Mes résolutions de ce matin,
que j'avais pourtant consacrées
à Dieu et affermies par une
bonne prière, ont failli sombrer
d'une façon navrante !

Ayant une lecture à faire
et l'acte de consécration à la
sainte Vierge à apprendre, je
m'étais isolée dans le jardin
après déjeuner.

Mes frères et sœurs avaient
cherché en vain à m'associer
à leurs jeux ordinaires. J'avais

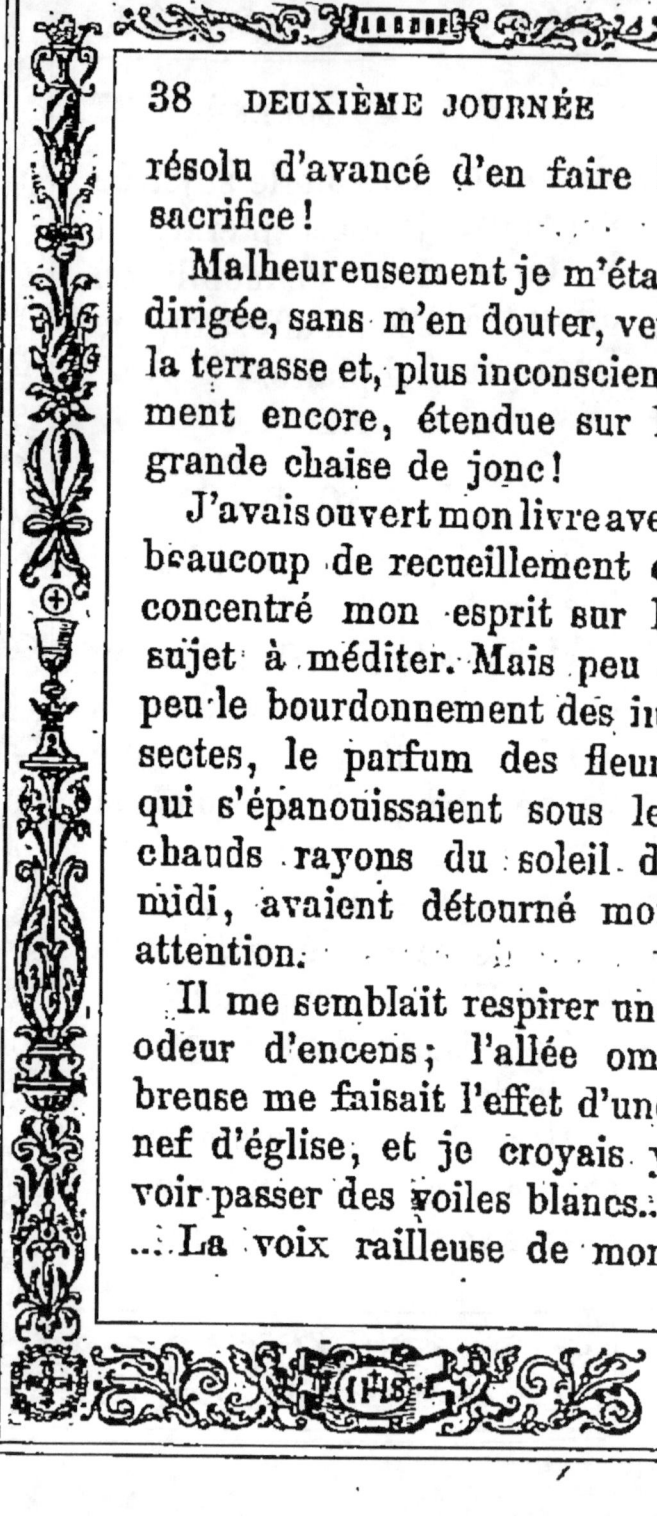

résolu d'avancé d'en faire le sacrifice !

Malheureusement je m'étais dirigée, sans m'en douter, vers la terrasse et, plus inconsciemment encore, étendue sur la grande chaise de jonc !

J'avais ouvert mon livre avec beaucoup de recueillement et concentré mon esprit sur le sujet à méditer. Mais peu à peu le bourdonnement des insectes, le parfum des fleurs qui s'épanouissaient sous les chauds rayons du soleil de midi, avaient détourné mon attention.

Il me semblait respirer une odeur d'encens; l'allée ombreuse me faisait l'effet d'une nef d'église, et je croyais y voir passer des voiles blancs...

...La voix railleuse de mon

jeune frère me tira de ce rêve
si doux.

Mécontent sans doute de jouer
tout seul, il se moquait de ma
paresse, se promettait de me
dénoncer à M. le curé, et me
comparait au boa qui digère!

« Voilà le dessert! » disait-
il en jetant une grosse che-
nille sur mon livre.

Puis, prenant sa course vers
le verger, il me défendait de
le suivre, ne voulant pas d'un
vilain serpent pour compagnon,
surtout dans le voisinage des
pommes!

Ces sarcasmes m'atteigni-
rent en plein cœur, car j'étais
bien forcée de reconnaître que
j'avais manqué à mes résolutions courageuses et complètement oublié le vœu du tabouret!

Je me levai furieuse, et l'apostrophant avec peu de charité et encore moins de politesse, je me mis à courir vers la maison pour aller me plaindre à ma mère.

J'entrai comme un coup de vent.

« Qu'y a-t-il, Madeleine? » fit maman de sa voix douce en me voyant rouge et essoufflée.

Il me sembla que c'était le bon Dieu lui-même qui m'interrogeait! En un instant je compris combien j'étais en faute: je me jetai à ses genoux et me cachai le visage dans ses mains.

« Il y a, maman, que je suis très coupable! je ne peux plus faire ma première Communion! En dix minutes j'ai péché par paresse, par orgueil,

et j'ai voulu faire punir mon frère ! »...

Ma chère et bonne mère m'a consolée, sermonnée doucement, et j'espère que Dieu m'a pardonné, car mon repentir est sincère.

Mais je suis restée triste, honteuse de moi-même. Si après de si sincères promesses faites à Dieu je succombe au premier choc, quelle confiance puis-je avoir, et comment serai-je digne d'approcher de la sainte Table !

M. le curé est venu après dîner. Je lui ai raconté combien j'avais été emportée. Il m'a parlé avec beaucoup de bonté, et ouvrant son bréviaire, il m'a donné une jolie image représentant Notre-Seigneur lavant les pieds de ses Apôtres.

Sublime exemple d'humilité ! Est-il possible d'avoir de l'orgueil en voyant un Dieu s'abaisser ainsi !

Je l'ai bien regardée pour m'en pénétrer, puis j'ai demandé la permission de la donner à mon frère en réparation de ma méchanceté.

Mais mon pauvre Jean, tout ému, ne voulait pas la prendre, disant qu'il était le plus coupable, et qu'il m'avait excitée par ses vilaines moqueries ; si bien que nous pleurions dans les bras l'un de l'autre en nous demandant pardon !

M. le curé nous regardait avec un bon sourire, et avant de partir il a tracé un signe de croix sur notre front : « Aimez-vous toujours ainsi, mes enfants, » et je crois qu'il était ému, et se rappelait sa jeunesse.

Cette bénédiction m'aidera à m'endormir plus tranquille. Notre cher pasteur m'a promis aussi de m'envoyer une *Vie des Saints*, en me désignant les exemples qui me seront les plus utiles.

En me couchant, je vais lire le XVIe chapitre du Ier livre de l'*Imitation* : *Qu'il faut supporter les défauts du prochain.* Oh ! la bonne lecture, et qu'il me sera bon de la recommencer souvent !

Étudiez-vous à supporter avec patience les imperfections et les faiblesses des autres quelles qu'elles soient, puisque vous en avez vous-mêmes plusieurs qu'il faut que les autres

supportent. Il me semble que ce conseil devrait être inscrit en grosses lettres dans tous les intérieurs chrétiens.

Je vais dire une dizaine de chapelet en méditant sur l'agonie de Notre-Seigneur au jardin des Oliviers.

PRIÈRE

O mon bon Jésus, qui, après avoir fait à la Cène le plus grand de tous les dons à vos Apôtres, n'en avez reçu que des marques d'oubli et d'ingratitude, apprenez-moi à supporter sans colère tout ce que mon prochain me fera souffrir. Parmi vos disciples vous aviez choisi ceux qui vous étaient les plus chers pour prier et pleurer avec vous ; et vos tendres appels, la vue de votre douleur,

n'ont pu les faire sortir de leur indigne sommeil. Vous étiez en droit de les maudire, alors que seul, sans secours, accablé par les angoisses de la mort, vous arrosiez la terre d'une sueur de sang. Et pourtant vous n'avez pas une parole amère; vous acceptez le calice qu'aucune main amie ne vous aide à boire, et quand Judas vient poser sur votre joue divine une bouche sacrilège, vous n'appelez pas sur sa tête la vengeance de votre Père céleste, vous lui donnez le nom d'ami; et c'est le plus doux et le plus tendre des reproches qui sort de vos lèvres.

Quelle injure humaine pourra jamais égaler semblable offense, et comment ne pas rougir de nos haines, de nos rancunes devant cette douceur!...

O mon Dieu, apprenez-moi à pardonner toujours ; faites que je n'oublie jamais que j'ai moi-même un si grand besoin de votre miséricorde.

SAINTE NOTBURGE
VIERGE ET SERVANTE

Pour glorifier Dieu, la science et les richesses ne sont pas nécessaires. Le Seigneur choisit ses saints parmi les plus humbles, comme au milieu des puissants.

Notburge était une pauvre enfant née dans un village du Tyrol. Son père la plaça à quinze ans, en qualité de servante, au château de Rotembourg. Sans négliger aucun des devoirs de son état, elle trouvait moyen de s'occuper des pau-

vres. Chaque soir elle en était
entourée, et tout en distribuant
les restes des cuisines, elle s'ap-
pliquait à leur faire goûter le
pain de la vérité.

La châtelaine sa maîtresse,
dont le nom était Odile, avait
un cœur fort dur. La charité de
l'humble fille était pour elle
comme un reproche permanent
qu'elle ne put supporter. Elle
lui interdit de disposer des
débris de sa table.

Notburge obéit ; mais à partir de ce moment elle se priva
de vin et réduisit sa nourriture
au strict nécessaire ; ce qu'elle
put épargner ainsi fut quoti-
diennement distribué aux malheureux.

Au paroxysme de la fureur,
Odile obtint de son mari qu'il
surveillerait et punirait sé-

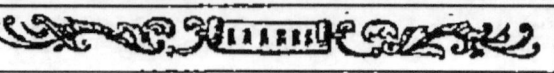

vèrement la pauvre enfant.

Un jour ce seigneur, étant à cheval, rencontra la petite servante; son tablier était relevé, et elle portait une cruche. Il s'en empara brutalement, renversa le contenu et vit avec stupéfaction que c'était de l'eau pure. Son brusque mouvement avait également dénoué les coins de la toile; un fagot de bois s'en échappa au lieu du pain et des viandes qu'il s'attendait à y trouver. Dieu avait fait un miracle pour protéger l'innocente créature.

Les cœurs endurcis des maîtres n'en furent cependant pas touchés. Notburge fut renvoyée.

Mais au moment où, ayant rassemblé ses pauvres hardes, elle s'apprêtait à quitter le châ-

teau, un mal subit et mortel saisit l'injuste Odile. Terrassée par la douleur, elle appela à son secours la pauvre enfant, dont elle connaissait bien le dévouement et la charité.

Sans une seule pensée de rancune et rendant le bien pour le mal, celle qu'elle avait opprimée lui prodigua ses soins; Notburge eut la joie d'attendrir ce cœur de pierre et de le réconcilier avec Dieu.

Non contente de faire l'aumône aux dépens de son bien-être, elle pratiquait encore la plus grande et la plus divine des miséricordes : le pardon des injures.

La châtelaine étant morte, il lui fallut chercher une autre condition. La Providence la conduisit chez un fermier

nommé Eben, qui la prit à son service. Mais Notburge posa comme condition qu'on n'exigerait d'elle aucun travail les jours de fêtes et les dimanches ni pendant l'angélus du soir.

Ses désirs furent d'abord respectés; mais un jour, à l'époque de la moisson, Eben commanda le travail à l'heure où sonnait la grand'messe. « Que ma faucille soit juge entre vous et moi! » s'écria la pieuse fille. Elle ouvrit les mains, et aussitôt l'instrument, lui échappant, resta suspendu en l'air. Le fermier fut saisi de respect devant cette manifestation divine; il devint un fidèle observateur des commandements de Dieu et de l'Église, et à partir de ce moment sa fortune alla en s'accroissant.

Il n'en était pas de même au château de Rotembourg. Bien que le seigneur se fût remarié, la solitude se faisait tous les jours plus grande autour de lui.

Sur le conseil de son chapelain, il résolut d'aller trouver son ancienne victime et de lui demander pardon. Il la trouva gardant un troupeau à l'orée d'un bois. Se jetant à genoux, il la supplia de revenir à son foyer et d'y ramener l'abondance et la sécurité.

Dès qu'il y avait une bonne action à faire, la sainte fille n'hésitait pas. Elle rentra donc à Rotembourg, et les dix-huit ans qu'elle passa au château furent une ère de paix et de prospérité. Lorsqu'elle atteignit sa quarante-septième année, Dieu, jugeant sans doute que sa

sainteté méritait non plus une demeure de la terre, mais un palais dans le ciel, la rappela à lui.

Son dernier vœu fut qu'on plaçât son corps sur un char traîné par deux bœufs, qu'on laisserait libres de choisir eux-mêmes le lieu de sa sépulture. Le comte Henri respecta scrupuleusement ce désir, et le 4 septembre 1360 on le vit, à la tête d'une foule immense composée d'hommes de tout rang, mais surtout des pauvres si longtemps secourus, suivre à pied les restes de l'humble servante. Arrivés au bord de l'Inn, les bœufs s'arrêtèrent un instant; puis tout à coup les eaux s'entr'ouvrirent et se divisèrent comme autrefois celles de la mer Rouge.

Tout le cortège passa à pied sec et ne s'arrêta qu'à la porte de la chapelle de Saint-Rupert. L'attelage rustique y pénétra seul; quand il ressortit, la foule se précipita. O merveille! le corps de la sainte, enlevé de son cercueil, était enseveli au pied de l'autel. Les anges seuls avaient pu opérer ce miraculeux travail.

Cette simple et touchante histoire est bien faite pour nous apprendre à ne pas nous enorgueillir du rang dans lequel Dieu nous a placés, et à honorer la vertu partout où elle se manifeste.

Deux seules choses comptent aux yeux du Seigneur : la charité et la scrupuleuse observance de ses commandements.

La plus infime de ses créatures est plus grande devant lui que tous les princes de la terre, si elle consacre toutes les forces de son cœur à son service et au soulagement de ses frères.

TROISIÈME JOURNÉE

LE MATIN

Je crois que j'ai trouvé un moyen pour me préserver de toute impatience en cas de contrariété.

Je vais m'habituer à répéter sans cesse tout bas les noms de Jésus et Marie. De cette façon ils viendront les premiers sur mes lèvres et empêcheront les paroles de colère de s'échapper.

Je veux aussi dire souvent l'invocation :

« Jésus doux et humble de cœur, rendez mon cœur semblable au vôtre. »

Par cette pieuse pensée je désavouerai d'avance tout ce que je pourrais dire ou faire contre la douceur et l'humilité, et j'espère que Dieu prendra en pitié ma bonne volonté et me viendra en aide. Dans sa sagesse et sa miséricorde il fait souvent sortir le bien du mal, et je crois que la scène d'hier aura d'heureuses conséquences.

En sortant de ma chambre tout à l'heure, j'ai trouvé mon frère qui m'attendait.

Il avait un air doux et sérieux qui m'a frappée:

« Je viens encore te demander pardon, Madeleine.

— Pardon de quoi, mon pauvre chéri? C'est moi seule qui ai eu tort, j'ai été sotte et susceptible au lieu de plaisanter gentiment avec toi!

— Tu veux m'excuser, mais moi je ne m'excuse pas; j'avais parfaitement l'intention de t'agacer, et c'est très mal à moi, sachant que tu te prépares à ta première Communion.

« Nous devrions tous t'aider à être sage pour que tu sois un ange ce jour-là, et que tu nous obtiennes beaucoup de grâces...

... Ce sera mon tour l'année prochaine.

« A partir d'aujourd'hui veux-tu m'associer à ta retraite? Nous prierons à deux, nous tâcherons de mériter ensemble ; et peut-être qu'ayant une petite part à tes bénédictions, je serai

mieux disposé dans un an. »

O mon cher petit frère, comme je l'ai embrassé, avec de grosses larmes plein les yeux ! J'ai toujours eu pour lui une préférence secrète. C'est celui dont l'âge est le plus rapproché du mien ; il n'y a que onze mois entre nous, on nous a pris bien souvent pour des jumeaux. Maintenant ce sera mon frère d'élection, je vais le mettre de moitié dans toutes mes prières et mes lectures, et nous sommes convenus de prendre comme devise la belle parole que M. le curé répétait hier : « Mes petits enfants, aimez-vous les uns les autres. » Nous allons l'inscrire à la première page de nos livres et en tête de tous nos cahiers.

Oh ! comme la journée commence bien !

Il me semble que le soleil est plus brillant et le ciel plus bleu. Comment se fait-il qu'il y ait des haines et des divisions sur la terre? C'est si facile d'avoir le cœur en paix et d'aimer en pensant à *Celui* qui a quitté sa gloire, qui a choisi la souffrance poussée jusqu'au plus affreux supplice pour nous sauver!

J'ai pris une bonne leçon de piano avec maman. Dès que mon cahier d'études a été ouvert, ses yeux sont tombés sur la maxime préférée que j'y avais déjà inscrite: « Mes petits enfants, aimez-vous... »

Elle est restée un instant sans rien dire; puis se tournant vers moi avec son beau regard grave et tendre :

« C'est toi qui as écrit cela, ma chérie? »

Entre ses longs cils je voyais ses paupières devenir humides ; je jetai mes bras autour de son cou :

« Oui, maman, je veux que ces mots-là soient la règle de toute ma vie. »

Elle m'a embrassée tendrement, sa main s'est posée sur ma tête dans une caresse très douce, et je l'ai entendue murmurer : « Pauvre chère enfant! » avec un gros soupir. Mais je ne me trouvais pas *pauvre* du tout, j'étais riche au contraire de ce trésor d'affection et plus fortunée que la fille d'un roi !

Évidemment le bon Dieu a voulu me mettre tout de suite à l'épreuve, car jamais mes doigts n'avaient été plus raides, plus rebelles !

Mais je recommençais indéfiniment et sans me lasser les passages qui accrochaient, si bien que ma pauvre mère était obligée de me dire : « Assez ! passe à un autre, nous reviendrons à cette phrase plus tard. » Et chose merveilleuse, lorsque je jouai une dernière fois le morceau, tout marcha à souhait ; mes doigts couraient sans efforts sur les touches !

Après le dernier accord, je restai les mains immobiles sur le clavier, regardant ma mère d'un air stupéfait.

« Voilà le fruit du travail joint à la bonne humeur, dit-elle en riant.

— Alors il y a tout profit ! » m'écriai-je en applaudissant joyeusement.

LE SOIR

Nous venions de terminer le déjeuner de midi, et je me préparais à aller faire ma petite méditation en me promenant dans le jardin avec mon Jean, lorsqu'on est venu avertir mes parents qu'un petit enfant se mourait chez une pauvre femme très malade elle-même de la poitrine.

Mon père et ma mère se levèrent tout de suite, mais j'étais à la porte avant eux.

« Emmenez-moi, je vous en prie, je pourrai peut-être me rendre utile, dis-je en leur barrant le passage.

— Tu es trop jeune, ma petite fille, pour un si triste spectacle, répondit mon père.

— Mais, papa, je ne suis

plus un enfant, puisque je vais faire ma première Communion. Au catéchisme on nous parle de la mort, du jugement, de l'éternité. Ne dois-je donc pas apprendre à connaître ces choses que l'on ne comprend, je crois, que lorsqu'on les a vues? »

Papa et maman se consultèrent du regard.

« Madeleine est en train de devenir une petite femme, fit ma mère en souriant. Nul ne sait ce que la vie lui réserve, et il est peut-être bon en effet qu'elle sache regarder sans effroi les spectacles les plus lugubres. »

Ah! certes il était triste, le tableau que j'eus un instant après sous les yeux!

Sur un pauvre lit dont la mi-

sère n'excluait pas une certaine propreté, une jeune femme agonisait. Ses pommettes rouges et saillantes, la toux sèche qui la secouait à chaque instant, indiquaient assez quel était son mal.

Ses yeux brillants de fièvre, et que sa maigreur faisait paraître énormes, étaient ardemment fixés sur un pauvre petit garçon étendu près d'elle. Je crus d'abord qu'il dormait : il avait les yeux fermés, sa petite bouche entr'ouverte souriait ; mais il était d'une blancheur de cire.

Je voulus prendre sa petite main, mais son contact me glaça d'effroi, et je reculai épouvantée. Le pauvre ange n'était pourtant pas effrayant, il était beau même ; mais un mystère

auguste, auquel je n'avais jamais sérieusement songé, venait de se révéler à moi d'une façon frappante. C'était donc cela la mort !

Je ne m'étais jusque-là représenté un être privé de vie que vieux et décrépit; mais un enfant comme moi, comme mes frères et sœurs ! Il y a quelques jours à peine son petit corps ne demandait qu'à se développer et à grandir; aujourd'hui ce n'est plus qu'une dépouille qui va disparaître. Son ange gardien est venu chercher son âme innocente. Ainsi c'est bien vrai, un enfant peut mourir ?

Ma mère, très émue, voulut prendre le pauvre petit dans ses bras pour l'emporter dans la pièce voisine; mais la mou-

rante joignit ses mains dé-
charnées :

« Je vous en prie, ma chère
bonne dame, laissez-le-moi jusqu'au dernier moment !

« Je ne vais pas tarder à le
rejoindre, on nous mettra dans
la même tombe, et comme cela
nous ne serons pas séparés.

« Dieu est bon de nous reprendre en même temps : nous
avons souffert de la même misère, et nous allons jouir du
même repos.

« Pauvre mignon ! en le nour-
rissant c'est mon mal que je lui
ai donné au lieu de la santé.
Que deviendrait mon pauvre
homme si je lui laissais un fardeau pareil sur les bras ! Les
enfants délicats, il n'y a que les
riches qui peuvent les élever ;
mais pour les pauvres gens il

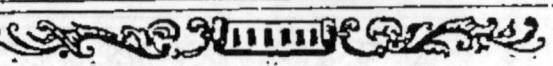

faut des enfants qui poussent tout seuls, qui soient beaux et forts comme voilà votre demoiselle... »

A ce moment j'entendis une sorte de râle étouffé dans un coin de la chambre ; je me retournai, saisie : un homme était là, assis sur un escabeau.

La tête dans ses mains, il sanglotait. Debout près de lui, mon père l'exhortait au courage et à la résignation.

Cette scène touchante dura quelque temps ; puis ma mère, ayant donné ses soins à la malade, voulut rentrer à la maison pour y chercher quelques objets indispensables et divers remèdes.

Cette pauvre maman avait surtout grande hâte de m'emmener, elle redoutait pour moi

des impressions trop fortes et trop prolongées; et puis ma bonne mine contrastait sans doute trop douloureusement avec ce pauvre petit cadavre.

Quand nous fûmes dehors, je respirai profondément. Il me semblait sortir d'un autre monde!

Je saisis les mains de papa et de maman, et en marchant entre eux, je ne pouvais m'empêcher de porter alternativement ces chères mains à mes lèvres; je les serrais bien fort, comme pour m'assurer de leur possession et leur prouver en même temps que leur petite fille ne songeait pas à les quitter...

Après la pitié, une reconnaissance profonde s'était emparée de mon cœur. Je comparais mon enfance bénie à celle de ces

pauvres deshérités, pour lesquels la vie n'est qu'une suite de privations et de souffrances, et je ne pouvais trouver qu'un mot à dire : « Mon Dieu, je vous remercie, ô vous qui m'avez tout donné ! »

« Tu sais maintenant ce que c'est que les visites des pauvres, dit enfin ma mère ; ce n'est pas gai, et cette première expérience va peut-être t'ôter l'envie de recommencer. »

Je resserrai mon étreinte :

« Au contraire, maman ; je veux pouvoir remercier Dieu tous les jours davantage du bonheur qu'il me donne ! »

Je m'efforçais de paraître très vaillante, mais au fond j'étais très ébranlée.

Je me privai d'un plat à dîner, et je fis seulement sem-

blant de prendre du dessert. Le pauvre petit mort n'en a jamais eu, pensais-je malgré moi.

A l'heure du coucher, la sensation de bien-être que j'éprouvais chaque soir en m'étendant dans mon lit doux et frais se changea en un sentiment d'amertume et presque de remords.

J'avais sous les yeux ce pauvre petit, mourant sur le lit de sa mère, n'ayant pas même une couchette à lui pour y dormir son dernier sommeil!

Maman a trouvé que j'avais un peu de fièvre ce soir à la suite de cette journée émotionnante. Elle m'a fait coucher de bonne heure, et elle a eu la bonté de venir s'asseoir près de mon lit pour me lire la vie de sainte Rose de Lima.

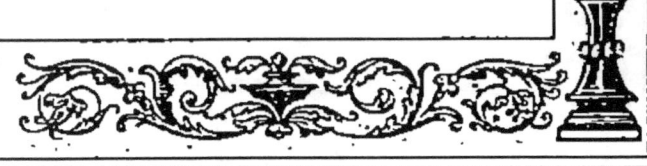

Puis elle ne m'a permis que dix minutes de méditation sur le XIII° chapitre de l'*Imitation : Des œuvres de charité.*

J'y trouve cette pensée qui me frappe :

Sans la charité les actions extérieures ne servent de rien ; mais la chose la plus petite et la plus vile devient profitable lorsqu'elle est faite par un principe de charité.

PRIÈRE

Mon Dieu, je suis bien lasse ; mais avant de m'endormir je veux repasser ma vie devant vous ; je veux me rendre compte de toutes les faveurs dont je jouis et auxquelles je ne pense pas, tant il me semble naturel d'avoir un sort doux et facile !

Pourquoi m'avez-vous choi-

sie entre tant d'autres pour m'accorder une existence si fortunée? Pendant que tous ceux qui m'entourent me comblent des plus tendres soins, combien de pauvres petits déshérités manquent non seulement de pain, mais aussi de l'affection si nécessaire à la faiblesse de l'enfance! Hélas! il en est que leurs parents eux-mêmes accablent de mauvais traitements; et tandis que je me réveille et m'endors avec de tendres caresses, c'est à peine si leur triste sommeil interrompt les coups qu'ils reçoivent et les larmes qu'ils versent.

Il me semble, mon Dieu, que les joies que je goûte ne sont pas pour moi seule.

Vous me les prêtez pour que

j'en fasse retomber une grande part sur tous les misérables. Ne me laissez pas faillir à cette tâche.

Préservez-moi du malheur de m'engourdir dans un oubli coupable. Je préfère être éprouvée moi-même plutôt que de devenir insensible à la souffrance des autres. Donnez-moi cette vraie charité qui centuple la plus modeste aumône.

Avec votre amour, Seigneur, je puis devenir pauvre moi-même, je trouverai toujours dans mon cœur quelque chose à donner !

SAINTE ROSE DE LIMA

L'enfant prédestinée qui naquit à Lima, en 1586, reçut d'abord le nom d'Isabelle au

saint baptême. Mais, peu de jours après son entrée en ce monde, sa mère ayant trouvé dans son berceau une rose fraîchement épanouie, ce signe la frappa.

« Désormais tu seras ma rose, » dit-elle.

Le nom prévalut, et il semblait si bien adapté à la beauté de cette petite créature, choisie de Dieu, que son humilité s'en émut.

Elle confia ses craintes à la sainte Vierge, qui la rassura.

« Ton nom plaît à mon Fils, lui dit-elle ; mais je veux que tu y ajoutes le mien : tu t'appelleras *Rose de Sainte-Marie*. »

L'enfance de Rose fut cruellement éprouvée. Dès l'âge de trois ans elle eut à subir une douloureuse opération ; il fal-

lut lui arracher un ongle et lui enlever une partie du doigt. Un peu plus tard elle eut la tête complètement brûlée par une application de mercure, et il lui fallut supporter quarante jours d'affreuses tortures.

Une entaille à l'oreille, une autre à la narine, se succédèrent en peu de temps. Elle accepta en souriant et sans se plaindre des épreuves qui arrachaient des larmes à ceux qui l'entouraient.

Sa fermeté morale n'était pas moins grande que sa constance physique.

S'étant vouée à Dieu dès ses premières années, elle joignit le détachement absolu des biens et des joies de la terre à l'obéissance parfaite

qu'elle témoignait à ses parents.

Ceux-ci, fiers de la beauté de leur fille, désiraient la produire dans le monde, parée selon son rang. L'esprit de pénitence de Rose la rendait ingénieuse. Lorsqu'il lui fallait se couronner de fleurs, elle trouvait moyen d'y entremêler des épines qui labouraient sa tête. Sous ses vêtements luxueux elle cachait un cilice.

Plusieurs fois ces pieuses ruses furent découvertes et lui valurent de mauvais traitements. Mais un jour, sa mère ayant exigé, malgré ses larmes, qu'elle se parfumât les mains, s'aperçut avec une douloureuse surprise que la délicate essence avait brûlé les chairs de son enfant.

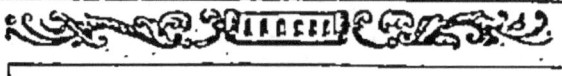

Il était évident que Rose avait demandé à Dieu de changer cette sensation raffinée en une peine corporelle. Devant ce signe manifeste des desseins de la Providence sur cette innocente, elle ne résista plus.

Elle lui permit de se vêtir d'étoffe grossière et de mener au foyer domestique la vie d'une religieuse.

Cet amour du renoncement ne devait pas tarder à porter d'heureux fruits.

Les parents de Rose perdirent tout à coup leur fortune. Elle se fit leur unique servante, accomplissant chaque jour le travail de quatre personnes, acceptant les tâches les plus répugnantes. Sa beauté résistait à toutes les fatigues et aux austérités sans nombre

qu'elle s'imposait; de sorte que ses parents conçurent l'espoir de lui voir contracter un riche mariage.

Le charme de toute sa personne était en effet si grand, qu'il pouvait tenir lieu d'une riche dot.

Mais Rose avait voué sa virginité au Seigneur, et de semblables projets la remplissaient d'effroi. Elle redoubla alors de macérations; bientôt son visage pâlit, et ses traits se tirèrent; ses yeux perdirent leur éclat, et elle se réjouissait de devenir peu à peu un objet de pitié, lorsqu'elle apprit qu'on commençait à la vénérer comme une sainte. Ce fut au tour de son humilité de s'alarmer; elle supplia Notre-Seigneur d'effacer les traces

de ses pénitences, et aussitôt
les couleurs de la santé repa-
rurent sur son visage; à tel
point qu'elle entendait dire à
ceux qui la rencontraient :

« Voilà une belle fille qui
ne se prive de rien! »

Et elle s'applaudissait de
n'être connue que de Dieu
seul, et de ne pas trouver sa
récompense en ce monde.

Vaincus par ses prières, ses
parents avaient enfin consenti
à lui laisser prendre l'habit de
Saint-Dominique, à l'exemple
de sainte Catherine de Sienne,
qu'elle vénérait.

A partir de ce moment ses
austérités ne connurent plus
de limites.

Il semblait que la souffrance
fût sa seule joie. Mais son
esprit d'obéissance était tel,

que sur un ordre de ses supé-
rieurs elle n'hésitait pas à
diminuer ou suspendre les pra-
tiques qui la rapprochaient de
Jésus crucifié.

La soumission et l'humilité,
voilà les deux grandes leçons
que nous donne sainte Rose
de Lima.

Dieu l'en récompensa d'une
façon éclatante avant même,
de poser sur son front la couronne des élus.

Ne trouvant pas dans la
maison de ses parents un lieu
assez caché pour y vivre loin
du monde, elle avait fait cons-
truire au fond du jardin un
petit ermitage rustique où elle
partageait son temps entre la
prière et le travail.

Elle n'avait pas la permission d'en sortir seule, et sou-

vent sa mère n'avait pas le
temps de la conduire à l'église.

Ces jours-là, c'était Notre-
Seigneur lui-même qui la visi-
tait dans sa solitude; il lui
apparaissait sous la forme
d'un petit enfant qui lui parlait familièrement. Puis, par
une grâce plus particulière
encore, il lui était accordé
d'assister miraculeusement à
plusieurs messes chaque jour,
tantôt dans une église, tantôt
dans une autre.

Ne devons-nous pas voir là
le prix que Dieu attache au
renoncement à soi-même et la
preuve que Notre-Seigneur,
présent en tout lieu, visite ses
créatures partout où le devoir
les enchaîne?

L'illustre vierge de Lima
avait reçu le don de prophétie.

Elle annonça sa mort, s'y prépara avec un redoublement de ferveur et de pénitence, demandant les bénédictions de ses parents et le pardon de tous, comme si sa vie n'avait pas été un modèle de perfection.

Ses dernières paroles furent un cantique d'allégresse :

« Je m'en vais, avec une satisfaction d'esprit incroyable, contempler la face de mon Dieu. »

Elle avait trente et un ans. Le pape Clément X l'inscrivit au catalogue des saints.

Sans doute il ne nous est pas donné de parvenir à un si haut degré de sainteté ; mais rappelons-nous du moins qu'on peut être humble et mortifiée, dès l'enfance même, au mi-

lieu des plaisirs du monde et sous des habits de fête.

QUATRIÈME JOURNÉE

LE MATIN

J'étais bien reposée ce matin, grâce à un bon sommeil, lorsqu'on est venu m'essayer ma robe blanche. J'avais été choisir la mousseline il y a quelques jours avec maman, et j'avais désiré le tissu le plus fin et le plus vaporeux.

Sur ma demande, la couturière devait apporter des gravures afin de chercher un modèle qui répondît à la toilette idéale que j'avais rêvée.

Mais les lectures d'hier ont

fait naître en moi des pensées nouvelles.

Il me semble que la Providence a son but en faisant précéder l'essayage de ma robe des exemples d'humilité et de mépris des grandeurs qu'offre la vie de sainte Rose de Lima.

Si une âme si pure, si merveilleusement douée pour le ciel, ne se croyait digne d'approcher de son Dieu qu'en dépouillant toute parure mondaine, en abdiquant tous les signes de sa grandeur, que ne devrai-je pas faire pour m'humilier, moi qui suis si pauvre en mérites!

Mes désirs s'étaient donc modifiés du tout au tout avant l'arrivée de l'ouvrière.

Il avait été convenu qu'on

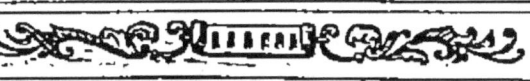

ajusterait la robe de dessous d'abord, avant même de tailler la seconde, et je ne pus m'empêcher de rougir en constatant que, d'après un souhait trop légèrement émis, ma chère mère, beaucoup trop bonne, l'avait fait faire en soie!

Nulle autre de mes compagnes ne devait certainement avoir la même élégance, et à cette pensée je me sentis plus honteuse que si j'avais dû être vêtue de bure.

Quand les rectifications furent faites, on étala quelques journaux de mode.

« Choisis ce qui te plaît le mieux, Madeleine, fit ma mère. Toutes ces toilettes me semblent aussi convenables les unes que les autres.

« — Voulez-vous me permettre, ma petite mère, de vous en proposer une autre que j'ai rêvée?

— Voyons! » Et ma mère sourit, s'attendant sans doute à quelque chose d'irréalisable.

« Eh bien, je voudrais tout d'abord une première mousseline un peu épaisse, cachant le brillant de la soie; puis, au-dessus, une jupe tout unie avec un ourlet et un corsage tout plat avec trois plis... »

Ma pauvre maman me regardait sans rien dire. L'ouvrière voulut protester; mais elle l'interrompit et m'approuva en la congédiant.

Quand nous fûmes seules, elle prit ma tête dans ses

mains et m'embrassa long-
temps, longtemps!... Je crois
qu'aucune caresse ne m'avait
jamais semblé si douce que ce
silencieux baiser.

Pourquoi les bonnes inspirations que le Saint-Esprit et
notre ange gardien nous en-
voient sont-elles si rarement
écoutées?

C'est pourtant si bon de
bien faire! et la joie profonde
que l'on ressent au fond du
cœur est déjà une si douce
récompense!

Je vais tâcher de saisir
toutes les occasions qui s'of-
friront de me mortifier spiri-
tuellement.

Je veux me faire petite en
toutes choses aux yeux des
hommes pour l'amour de Jésus, qui est venu sur terre si

petit et qui a mené une vie si humble et si cachée.

Cette matinée devait être féconde en émotions fortes et consolantes.

La question de ma robe venait d'être tranchée, et je descendais, ayant sous les bras mes livres de leçons et la *Vie des Saints*, lorsque j'aperçus Jean qui m'attendait au pied de l'escalier.

« Tu sais bien, la pauvre femme? celle que tu as été voir hier...

— Eh bien! elle est plus mal? fis-je le cœur tout navré.

— Non, elle est morte! » répondit mon frère tout tranquillement.

Je fondis en larmes.

« Comment cela peut-il te faire tant de peine, Madelon?

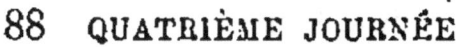

tu ne l'as vue qu'une fois ! s'écria le pauvre garçon tout bouleversé.

— Ah! mon pauvre chéri, on voit bien que tu ne sais pas ce que c'est que la mort! Moi aussi, j'en aurais parlé comme toi il y a deux jours.

« Mais si tu avais vu ce pauvre petit immobile, glacé, sa mère qui ne demandait qu'à le suivre, ce père qui pleurait à fendre l'âme! tu comprendrais le chagrin, l'amertume de la séparation, toutes choses qui nous sont inconnues à nous autres enfants heureux.

« Pense donc! si Dieu nous reprenait, ou s'il nous enlevait papa et maman!

« Peux-tu concevoir cela?

« Et dire que c'est le péché, l'horrible péché, qui cause tant

de mal, tant de douleurs! Sans lui, tout le monde serait joyeux, nous ne nous quitterions jamais, nous ne penserions qu'à glorifier Dieu et à nous aimer. »

La violence de mon émotion me rendait sans doute éloquente, car mon pauvre Jean se mit à pleurer à son tour. Je l'entraînai dans un coin solitaire du jardin.

Là nous séchâmes mutuellement nos larmes en cherchant un moyen de remédier aux suites de la première faute.

Chacun de nous émit une idée ; et sans doute, par suite d'une grâce toute spéciale, il se trouva que nos inspirations étaient identiques ; un crayon et une feuille de papier au-

raient été nécessaires pour leur donner une forme précise, mais nous n'avions ni l'un ni l'autre, et il fallut nous contenter du sable de l'allée et d'un petit morceau de bois.

Après avoir posé et additionné quelques chiffres, nous reprîmes le chemin de la maison.

Maman mettait son chapeau.

« Vous allez chez ces pauvres gens, petite mère ?

— Oui, mon enfant, mais je ne veux pas t'emmener. Tu as été très ébranlée hier, tu le serais encore plus aujourd'hui, et il ne faut pas oublier que la retraite commence demain. Tu as besoin d'être bien portante.

— Je ne demande pas à

vous accompagner, seulement je voudrais vous donner une petite commission, et Jean aussi.

— Une commission? alors dites vite, mes enfants, car je suis bien pressée.

— Eh bien, voilà! nous savons que la pauvre femme..., c'est-à-dire que le pauvre homme est seul à présent avec sa petite fille; nous pensons qu'il doit être bien malheureux et plus pauvre encore, puisqu'il n'a pas pu travailler tous ces jours-ci! Si vous vouliez lui porter nos petites bourses, maman chérie, vous nous feriez tant de plaisir!

« Jean a 6 francs 90, et moi j'ai 9 francs. Et puis il m'est venu à l'idée que vous pourriez augmenter la somme que

cela fait en m'achetant des bottines de coutil blanc au lieu de souliers de satin !......

« Je suis sûre qu'on pourrait gagner 5 francs sur la différence: Si cela ne vous fâche pas, vous seriez si bonne de nous accorder cela ! »

Mais maman ne répondait rien.

L'avions-nous contrariée? ou bien les souliers étaient-ils déjà achetés?

Cette double crainte me fit battre le cœur. Mais elle ne dura pas longtemps.

« Je vous remercie, mes chers petits! »

La voix de maman me sembla un peu changée.

« Merci au nom du bon Dieu, qui vous bénira; merci pour notre pauvre protégé et

merci pour moi-même, car vous me donnez là une mission bien douce. »

Maman mit son voile précipitamment, je crois qu'elle était fort émue par la mort subite de cette pauvre femme. Elle reprit au bout d'un instant :

« Mais dis-moi, ma petite Madeleine, es-tu bien sûre de ne pas regretter ces jolis souliers si blancs, si brillants? Tu les désirais tant, l'autre jour!

— O maman, je vous en supplie, ne me tentez pas! je fais tout ce que je peux pour ne plus aimer tout ce qui flatte mon amour-propre! »

Ma bonne mère nous prit dans ses bras.

« Je viens de jouer le rôle

de serpent près de ma petite
fille; je ne m'en repens pas,
puisque je lui ai donné l'occa-
sion d'être victorieuse; mais
je bats en retraite; et je ne
fais pas à mon Jean l'injure
de lui demander s'il saura se
passer de toute menue dé-
pense d'ici à la fin du mois! »

A midi j'avais mes bottines
de toile et j'apprenais, avec
une satisfaction qui fut parta-
gée par mon frère, que maman
avait acheté en même temps
des vêtements de deuil pour
le pauvre veuf et pour l'enfant qui lui restait, avec notre
petit pécule.

Elle avait dû sans doute
ajouter quelque chose, mais
elle ne nous le dit pas.

LE SOIR

Comme M. le curé a bien raison de nous dire de ne pas avoir confiance en nous-même !

Je me croyais bien forte ce matin, il me semblait que je pouvais affronter tous les dangers, et deux heures s'étaient à peine écoulées qu'il me fallait constater de nouveau ma faiblesse.

Je revenais de l'église, où la désignation des places avait eu lieu, lorsque j'aperçus une voiture arrêtée devant notre porte.

J'eus un premier sentiment d'ennui en pensant que je serais peut-être appelée au salon par quelque visite, et je songeais déjà à rentrer sans me faire voir, lorsque ma plus

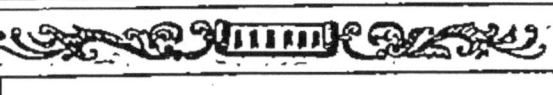

petite sœur, qui me guettait de la terrasse, se mit à crier :

« La voilà! la voilà! » et aussitôt je m'entendis appeler.

Je montai le perron de mauvaise grâce, et en passant près de Lili, je ne pus m'empêcher de la pousser un peu en l'appelant : « Petite sotte! »

Au salon, maman était assise près d'une dame à laquelle elle me présenta, et qui était, paraît-il, une de ses plus anciennes amies d'enfance.

Le château qu'elle habitait étant assez éloigné, leurs relations étaient fort rares.

Deux grandes jeunes filles l'accompagnaient, et mal disposée comme je l'étais, je n'hésitai pas à leur trouver l'air impertinent et protecteur. Je faisais pourtant bonne conte-

nance, répondant à leurs questions qui ressemblaient plutôt à un examen qu'à une conversation, lorsque le sujet de la musique vint sur le tapis. Elles me prièrent de leur jouer quelque chose; je refusai, prétextant que je ne savais rien; elles insistèrent, et cela fit un petit débat qui attira l'attention des deux mères.

Aussitôt la visiteuse joignit ses instances à celles de ses filles, et maman m'ayant dit qu'il était ridicule de me faire prier, j'ouvris le piano dans un état d'énervement qui m'ôtait tous mes moyens.

Je jouai mal, et pour comble de malheur la mémoire venant à me manquer, je m'arrêtai au milieu du morceau et me mis à pleurer.

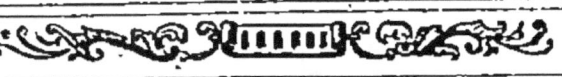

Ma pauvre maman m'excusa de son mieux; mais plus elle trouvait de raisons à invoquer en ma faveur, plus j'étais furieuse contre moi-même.

Je m'assis à l'écart d'un air boudeur, laissant la place à l'aînée des deux sœurs.

Elle joua très brillamment et longuement. Cela me donna le temps de me calmer et de faire des réflexions salutaires.

La lutte contre l'orgueil et le repentir ne fut pas longue, et, Dieu merci, ce fut le dernier qui l'emporta. Je venais de céder à un mouvement de mauvaise humeur, suivi de susceptibilité et d'amour-propre, et cela la veille d'entrer en retraite!

Dès que cette pensée eut germé dans mon esprit, je me

trouvai, non confuse, mais désolée jusqu'au fond de l'âme, et je n'eus plus qu'un désir : réparer ma faute en m'infligeant une humiliation bien plus complète que celle que m'avaient valu quelques fausses notes!

Ma mère avait félicité chaudement la jeune pianiste, et ces dames se levaient pour prendre congé; je sortis de mon refuge :

« Madame, fis-je en m'adressant à la mère, je vous demande pardon du spectacle ridicule que je vous ai donné tout à l'heure. La crainte de mal jouer devant vous m'a bien mal inspirée, et en voulant éviter une honte, j'en ai subi une autre bien plus grande. Je ne suis qu'une petite fille

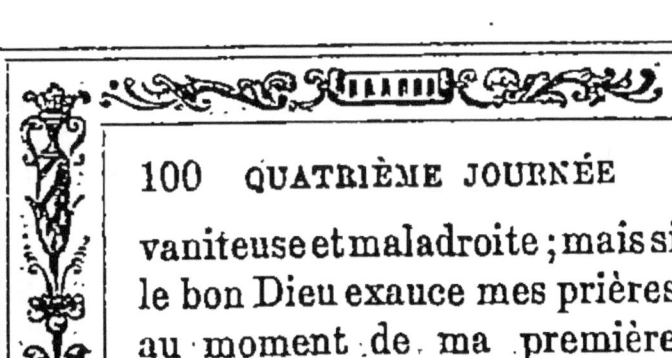

vaniteuse et maladroite ; mais si le bon Dieu exauce mes prières au moment de ma première communion, j'espère que je me corrigerai. »

L'excellente femme m'embrassa très affectueusement en me disant de bonnes paroles ; et le bandeau de la prévention étant tombé de mes yeux, je trouvai les jeunes filles très naturelles et très aimables.

Ce fut avec un vrai plaisir que j'entendis maman leur annoncer notre prochaine visite.

« Je vous promets de vous écorcher les oreilles sans me faire prier et sans pleurer, » leur criai-je, tandis qu'elles montaient en voiture.

J'avais fait de mon mieux

pour réparer ma sottise ; néan-
moins il me resta un sentiment
de tristesse toute la journée,
et je me condamnai à goûter
avec du pain sec.

Je m'efforçai d'être gaie et
gentille avec tout le monde,
mais j'étais hantée par cette
pensée que j'étais sans courage,
sans force pour résister à mes
penchants, et que je ne serais
jamais une bonne chrétienne !

. Après le dîner il restait une
bonne heure de jour ; la soirée
était magnifique ; sans rien dire,
fuyant même la compagnie
de mon pauvre Jean, je m'en
allai dans le fond du jardin.

J'avais emporté mon *Imi-
tation*, et l'ayant ouverte au
xxxe chapitre du IIIe livre, je
lisais et relisais ces passages,
que je trouvais faits pour moi :

Attendez-moi, attendez, je viendrai et vous guérirai; l'agitation où vous êtes est une tentation, et votre saisissement l'effet d'une vaine frayeur; quand vous pensez être éloigné de moi, c'est alors souvent que ie suis le plus près de vous.

Quand vous croyez que tout est presque perdu, c'est alors que vous êtes sur le point d'acquérir plus de mérites!

Je puis ôter ce que j'ai donné, et le rendre quand il me plaît.

Était-ce donc une nouvelle tentation et une nouvelle faute que de me laisser ainsi accabler? N'était-ce pas encore une surprise du démon, un autre genre d'orgueil?

Je roulais ces terribles pensées dans ma tête, quand je

sentis un bras caressant entourer mes épaules; je levai les yeux, le bon et doux visage de ma mère se penchait vers le mien.

A sa vue le trouble dont je souffrais se dissipa comme un brouillard.

« Ma fille chérie est triste, je le vois, je le sens, bien qu'elle s'efforce de dissimuler.

— Ma pauvre maman, j'ai été si vilaine tantôt! Ah! je ne vous ai pas fait honneur! Qu'est-ce que ces dames ont dû penser de moi? Mais ce n'est encore rien à côté de ce que j'en pense moi-même! Je ne me croyais pas parfaite, je vous assure; mais je me berçais de l'espoir d'être meilleure que cela, au moment d'approcher de la sainte Table.

— Ma chérie, aimes-tu le bon Dieu?

— Oh! mère, de toute mon âme!

— Eh bien! rappelle-toi ta sainte patronne. Elle pleurait amèrement ses fautes, qui étaient graves et nombreuses; mais le sentiment de son indignité ne l'empêchait pas de rester aux pieds du Sauveur. Que lui importait d'être mal jugée, d'encourir les reproches de sa sœur? Si quelque chose pouvait surpasser son repentir, c'était son amour. Et elle a mérité ainsi d'entendre cette belle et consolante parole : *Beaucoup de péchés lui seront remis, parce qu'elle a beaucoup aimé!*

« Rappelle-toi aussi l'épisode de Zachée. C'était un pécheur, un publicain, et il était si petit, si chétif, qu'il dut monter sur un arbre pour voir passer le Maître.

« Il ne pensait pas à sa misère, il n'avait qu'un désir : contempler et entendre celui qui avait les paroles de la Vie éternelle. Et sa simplicité lui a valu l'appel divin : *Zachée, hâtez-vous de descendre, car il faut aujourd'hui que je demeure dans votre maison.* »

Maman parla longtemps ainsi, mais j'aurais passé la nuit à l'entendre.

Avec ses exhortations et ses douces paroles, le calme était descendu dans mon cœur.

La nuit tombait, pure et sereine, les étoiles s'allumaient au firmament ; tous les bruits avaient cessé, et ce grand si-

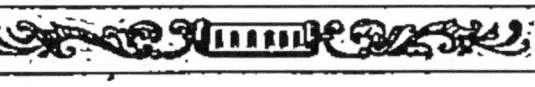

lence n'était troublé que par quelque battement d'aile dans le feuillage, ou par le cri d'un insecte enfoui dans les herbes. Plantes et fleurs versaient à flots leurs parfums, qui montaient comme un encens vers la voûte céleste.

Nous restâmes longtemps assises, dans une paix profonde.

Appuyée sur ce cœur tout vibrant d'amour, je sentis mon âme s'élever vers des sphères jusque-là inexplorées; pour la première fois j'eus la révélation du concert sublime qu'offre sans cesse la création à son Créateur.

Je ne fis pas d'autres lectures ce soir-là. Cette heure inoubliable n'était-elle pas la plus éloquente des pages?

Je choisis comme méditation,

pendant ma dizaine de chapelet : là Présentation de Jésus
au temple.

La très sainte Vierge n'ayant
à offrir au Seigneur que le modeste don de deux colombes,
ne nous apprend-elle pas que
Dieu considère plutôt l'intention que la valeur du sacrifice ?

PRIÈRE

Sainte Vierge Marie ! c'est
à vous que je m'adresse ce
soir. C'est à vous que je viens
confier ma petitesse et ma misère. Le moment est bien so-
lennel pour moi : c'est demain
que commence la retraite. De
ces trois jours qui vont s'écou-
ler dépendra mon éternité.

De tous côtés je vous vois
représentée, tantôt les mains
étendues prête à recevoir dans

vos bras. tous ceux qui voudront s'y jeter, tantôt avec votre divin Enfant que vous montrez aux hommes pécheurs pour qu'ils approchent avec confiance!

Que puis-je redouter si vous êtes avec moi, ma bonne Mère du ciel?

Je ne vous demande que ce que votre cœur désire le plus : aimer votre divin Fils, le servir autant que mes faibles moyens d'enfant me le permettent, dans la soumission, l'humilité, la pureté, le travail; n'est-ce pas là ce que vous voulez de moi?

Aidez-moi donc à l'obtenir. Chacune de ces journées va être féconde en grâces. Ne permettez pas que j'en laisse perdre une seule.

Faites que d'heure en heure mon petit trésor de mérites s'augmente, et que je puisse le déposer d'un cœur joyeux au pied de l'autel d'où un ineffaçable bonheur descendra sur moi.

C'est ma mère chérie qui me conduira vers vous, Vierge sainte. Recevez-moi et gardez-moi bien, pendant toute ma vie!

Qu'entre vous et elle je ne succombe jamais au mal!

LA Bse FRANÇOISE D'AMBOISE

Françoise, fille de Louis, vicomte de Thouars et seigneur d'Amboise, naquit dans cette dernière ville en 1427, au moment même où la bergère de

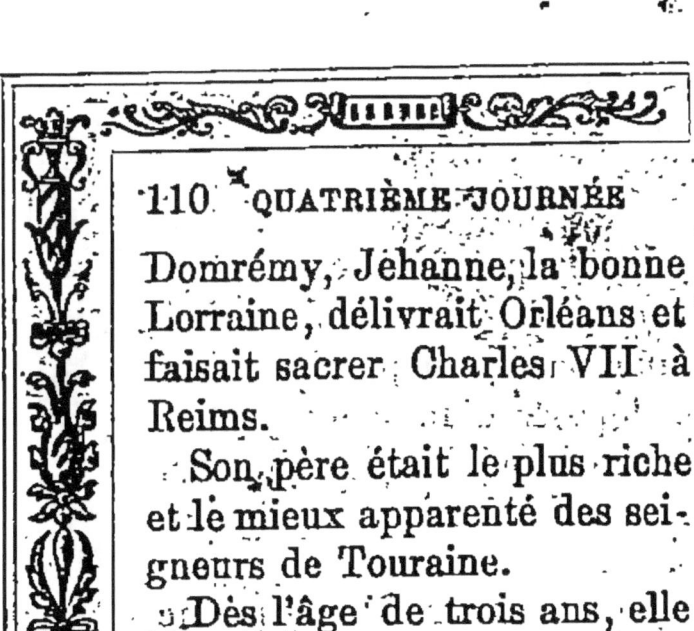

Domrémy, Jehanne, la bonne Lorraine, délivrait Orléans et faisait sacrer Charles VII à Reims.

Son père était le plus riche et le mieux apparenté des seigneurs de Touraine.

Dès l'âge de trois ans, elle fut recherchée par les ducs de la Trémouille et de Bretagne, qui la demandèrent en mariage pour leur fils. Ses parents répondirent, avec beaucoup de sagesse, qu'ils ne voulaient pas engager l'avenir de leur fille avant qu'elle eût l'âge de prendre une décision elle-même.

Furieux de ce qu'il considérait comme un refus, la Trémouille confisqua la terre et le château d'Amboise, qu'il réunit au domaine du roi;

puis il accusa le vicomte Louis
de trahison, obtint la confis-
cation de ses biens et son em-
prisonnement. Il espérait arriver à ses fins par l'intimidation,
son attente fut trompée. La
mère de Françoise quitta
Thouars avec sa fille et alla se
mettre sous la protection du
duc de Richemond, frère du
duc de Bretagne.

Le mariage de Françoise
avec le second fils du duc Jean
fut alors décidé, et elle fut
confiée à la famille à laquelle
elle devait appartenir.

Jean V surnommé le Bon
était le plus vertueux des
hommes, occupé uniquement
du bonheur de ses sujets.

Sa femme, Jeanne, fille de
Charles VI, roi de France,
l'aidait dans cette noble tâche.

A leur cour régnaient la piété et les bonnes mœurs.

En accueillant comme leur fille l'héritière dépossédée, ils devaient nécessairement développer en son âme toutes les belles qualités qui s'y trouvaient en germe.

A quatre ans, l'enfant était déjà pieuse et charitable; redoutant l'oisiveté, elle s'essayait à filer, apprenait à lire et à écrire, accompagnait la duchesse à l'église.

Son cœur était ému par toutes les souffrances, et on cite d'elle un trait d'une naïveté charmante. Un jour d'hiver, étant restée longtemps dans une chapelle en contemplation devant un tableau qui représentait saint François, elle revint au château les yeux gros de larmes.

La gouvernante crut que le froid l'avait fait souffrir et se mit en devoir de la réchauffer. Mais les pleurs de la petite princesse redoublèrent, et elle s'écria :

« N'avez-vous pas remarqué que mon patron et père saint François est pieds nus à la cathédrale ? Allez vite lui porter mes souliers ! »

Malgré son jeune âge, elle avait deviné et compris les joies ineffables de la sainte Communion, et son plus grand chagrin était d'en être encore privée ! Chaque fois que le duc et la duchesse s'approchaient de la sainte Table, elle sanglotait.

« Moi seule je ne puis recevoir le corps de Notre-Seigneur ! » disait-elle.

Des dispositions si excep-

tionnelles méritaient une faveur toute spéciale; et le jour de la Toussaint 1433, elle fut admise à faire sa première Communion. Elle avait cinq ans.

Un an après, la duchesse Jeanne tomba gravement malade, et mourut après avoir confié à l'enfant qu'elle chérissait la mission de procurer la canonisation de saint Vincent Ferrier. Elle lui remit le rosaire de bois du Bienheureux, et l'entrevue de cette mourante et de cette enfant fut solennelle et touchante.

Fiancée officiellement au deuxième fils du duc Jean, Françoise suivit la cour à Nantes, où elle édifia tout le monde par sa charité; et lorsqu'en 1442 le comte de Montfort succéda à son père, les

fêtes du couronnement furent aussi celles du mariage de l'orpheline avec Pierre de Guingamp.

Le premier devoir des jeunes époux fut d'aller en pèlerinage à Notre-Dame de Folgoët, où ils consacrèrent à Dieu et à la sainte Vierge la sainteté de leur union.

Ils vivaient dans la paix et dans l'exercice de toutes les vertus, ressemblant plutôt à deux anges qu'à deux êtres humains, lorsque des dissentiments éclatèrent entre le duc de Bretagne et son plus jeune frère, Gilles, qu'il fit emprisonner, et assassiner ensuite.

Grand fut le désespoir de Françoise. Elle plaignait la victime, mais elle pleurait plus encore sur le meurtrier.

Ses larmes et ses prières furent entendues.

Le duc, atteint d'une grave maladie, ne put résister aux exhortations de sa pieuse belle-sœur; il regretta amèrement son crime, et mourut réconcilié avec Dieu.

Devenue duchesse de Bretagne, cette grande chrétienne se donna tout entière à ses nouveaux devoirs. Son époux, Pierre, était l'autorité et la justice; elle était la bonté et la miséricorde. On la voyait partout, fondant des monastères, soignant les malades, secourant toutes les douleurs.

Une grande joie lui était réservée. En 1455, Vincent Ferrier fut canonisé par le pape Calixte III, qui envoya à la duchesse de précieuses re-

liques de l'apôtre de la Bretagne.

L'année 1457 la rendit veuve, et près du lit de son mari mourant elle fut l'ange de la charité qui montre le ciel et adoucit l'amertume du dernier passage.

Elle se retira alors chez les clarisses, d'où elle repoussa toutes les propositions de mariage qui lui furent faites par le seigneur de Richemond, nouveau duc régnant.

Ayant entendu parler des carmélites de Liége, elle résolut de fonder un couvent de cet ordre.

Elle fit venir des religieuses, s'installa avec elles près de Vannes, et mena à partir de ce jour la vie la plus humble et la plus austère.

Aucune fonction ne lui semblait trop dure ni trop basse; elle servait les pauvres et ses sœurs avec joie et leur donnait l'exemple de la plus haute piété, mortifiant son corps sans trêve ni repos. La récompense qu'elle souhaitait lui fut enfin accordée.

Le 27 mars 1469, elle fit profession entre les mains de l'évêque de Vannes, qui lui avait fait faire sa première Communion.

Un an après elle prenait l'habit, et bientôt, malgré ses protestations, elle était élue prieure.

Le couvent des bénédictines du Couët devait être sa dernière résidence.

Transformé sur la demande de la nouvelle duchesse de

Bretagne en une maison de l'ordre du Carmel, il fut confié à Françoise.

Elle eut la joie d'y appeler près d'elle ses sœurs de Vannes, que son départ avait laissées dans la consternation.

La sainte femme avait fait sur terre tout le bien que Dieu demandait d'elle.

La patrie céleste l'attendait.

En octobre 1485, elle gagna la maladie contagieuse d'une sœur qu'elle avait voulu soigner seule ; et le 3 novembre elle s'éteignit doucement, en bénissant ses filles et en les exhortant à la pénitence et à l'amour de Dieu.

Sa vie avait duré cinquante-huit années, pendant lesquelles elle avait montré qu'on peut dès l'âge le plus tendre, et au

milieu des grandeurs, pratiquer les vertus de renoncement, d'humilité, de charité et d'amour de Dieu.

CINQUIÈME JOURNÉE

PREMIER JOUR DE LA RETRAITE

LE MATIN

Je me suis réveillée de bonne heure.

La pensée que j'étais en retraite s'est offerte la première à mon esprit, et en attendant le moment de me lever j'ai dit mon chapelet et j'ai prié Dieu avec ferveur de me donner l'attention, le sérieux nécessaires, de me préserver des distractions trop faciles à avoir malheureusement, et qui sont

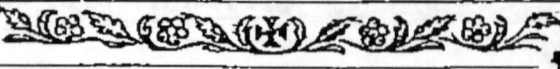

funestes à l'action de la grâce.

Je mè suis habillée en silence et rapidement.

Comme j'étais un peu en avance, je suis descendue au jardin. J'y ai trouvé mon frère, qui m'y attendait. Il m'a prié de demander pour lui la faveur d'assister aux instructions.

« Je serais si heureux de prier avec toi et de suivre du regard tous les exercices! »

Le pauvre petit avait les larmes aux yeux en me disant cela. C'est un cœur très pieux, et je voyais à quel point il serait heureux d'être à ma place.

Je n'ai pas eu de peine à obtenir le consentement de maman, et nous sommes partis tous les trois.

Je donnais la main à Jean, nous étions convenus de réciter notre chapelet pour éviter toute dissipation; mais comme nous ne pouvions pas le dire tout haut, une petite pression des doigts nous annonçait la fin des *Ave Maria*, que nous commencions chacun à notre tour.

A l'église il fallut nous séparer, mais je vis avec plaisir que les chaises retenues par maman n'étaient pas loin de moi.

Ce fut avec une réelle émotion que je m'agenouillai à la place qui m'était assignée à côté du deuxième pilier précédant le chœur.

C'est là que je dois goûter le plus grand bonheur de ma vie, et je ne la reverrai jamais cette place sans me rappeler les

journées que je vais y passer
à prier et à entendre la parole
de Dieu.

Nous avons d'abord assisté
à la sainte Messe.

Le saint Sacrifice est la
source d'où découlent toutes
les grâces. C'est donc au pied
de l'autel, qui est un nouveau
Calvaire, qu'il nous faut venir
chaque matin puiser les secours
dont nous avons besoin pour
préparer nos cœurs à recevoir
leur Jésus.

Nous devons nous lever, sa-
luer, nous agenouiller, nous
asseoir d'après le signal donné
par le directeur du catéchisme.
Tous ces mouvements de-
vraient s'accomplir sérieusement et avec un grand respect,
et pourtant j'ai eu le chagrin
de voir des enfants parler et

même rire en se cachant derrière leurs livres.

Mon Dieu! est-il possible d'être si léger, si peu ému à l'approche d'un moment si redoutable? Ne pas être capable de se recueillir lorsqu'il s'agit de choisir entre le bonheur et le malheur!

Ces pauvres enfants-là n'ont donc pas de parents, pas de mère pour leur apprendre ce qu'ils doivent au Dieu qui les a créés et qui veut les sauver?

S'il en est ainsi, je les plains de tout mon cœur; et je vais prier tout spécialement pour eux.

Après la messe, le prédicateur est monté en chaire. Il a l'air bien bon. Il nous a considérés longtemps avant de parler, et c'est d'une voix très émue

qu'il a fait appel à notre sagesse et à notre attention.

Il nous a affirmé qu'en ce moment nous étions les créatures préférées du Seigneur, celles sur lesquelles son regard s'arrête avec le plus de complaisance, et que c'était un grand honneur pour lui, prêtre de la sainte Église, d'être appelé à exhorter, à préparer des enfants qui bientôt vont être des anges.

Oh! comme ces paroles m'ont impressionnée!

La présence de Dieu va faire de nous, qui sommes nés d'hier, des êtres dignes de respect!

Il est impossible de traduire ici tout ce que cette pensée me fait éprouver.

Si grands et si petits!

O mon Dieu! faites que tous

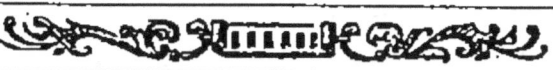

nous comprenions ce que vous voulez de nous ; que pas un seul n'ait le cœur assez dur, assez fermé pour résister à l'appel si touchant du Créateur !

Après ce préambule, le Père nous a parlé sur la crainte de Dieu. Il nous a montré le Tout-Puissant nous tirant du néant, animant de son souffle divin notre corps formé d'un peu de boue, tenant dans ses mains le fil de notre vie, qu'il prolonge ou abrège selon sa volonté.

Il nous a fait toucher du doigt la folie de ceux qui osent nier l'existence du Maître souverain, et qui n'ont pourtant trouvé le moyen de supprimer ni la souffrance, ni la maladie, ni la mort, ni aucun des moyens dont Dieu se sert pour nous châtier ; la vanité de leur science,

impuissante à lutter contre les phénomènes naturels dont Dieu se réserve l'emploi, et qu'un tremblement de terre, la foudre, ou tout simplement des accidents imprévus dans l'ordre des saisons, réduisent à néant.

Dieu dirige toutes choses comme il lui plaît, et l'aveuglement des hommes peut seul leur faire méconnaître cette vérité.

Quelle terreur salutaire ne doit pas inspirer un maître si puissant ! Que n'est-il pas en droit d'exiger de ceux qui lui doivent tout et qui sont forcés de lui obéir !

S'il a traité l'homme en esclave sur certains points, l'assujettissant à des lois dont il ne peut secouer le joug, il l'a laissé par ailleurs absolument libre, et c'est de cette liberté

seule que Dieu est jaloux et qu'il nous faudra rendre compte au dernier jugement...

Je ne sais quel fruit mes compagnes ont retiré de ces enseignements, mais pour ma part je suis revenue à la maison très troublée.

Tout en marchant je me disais que cette terre, qui me semblait si ferme et si solide, pouvait tout à coup s'entr'ouvrir et se refermer sur moi; qu'un éclair mortel pouvait surgir d'un nuage apparaissant au milieu du beau ciel bleu, sur un seul signe de Celui qui dirige l'univers.

Je me rappelais ces belles paroles des offices de la semaine de Pâques : *Seigneur, touchez les montagnes, et elles s'évanouiront en fumée.*

Et je me demandais comment il était possible que l'homme se montrât insoumis et révolté.

Après le déjeuner je voulus aller méditer dans ma chambre; mais maman exigea une heure de promenade au jardin.

Je pris mon petit Jean avec moi, et nous échangeâmes nos idées sur toutes ces questions si graves pour nous.

Nous étions si terrifiés de l'avenir, que nous ne cherchions qu'un moyen de nous mettre à l'abri des tentations du monde.

Un seul nous parut sûr : je me ferais religieuse dans un couvent dont mon frère serait l'aumônier !

Tout heureux de cette inspiration qui nous parut venir

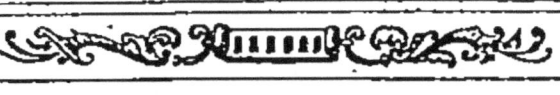

en droite ligne du Saint-Esprit, nous convînmes d'en faire part à notre chère maman avec une joie et une ardeur qui tenaient déjà de la vocation.

« Mes petits enfants, nous dit-elle, l'élan qui vous porte à former pour l'avenir de si sérieux projets ne peut que plaire à Dieu; car il prend sa source dans la crainte qu'éprouvent vos âmes innocentes d'être entraînées un jour au mal. Mais sachez bien que, pour lui être fidèle, il ne suffit pas de fuir le danger.

« Que diriez-vous d'un soldat qui, au moment de la bataille, se cacherait derrière un mur pour éviter les balles ?

« Notre-Seigneur nous offre le Ciel avec un bonheur qui n'aura pas de fin, mais il veut

que nous le méritions, et s'il faut lutter, ne nous a-t-il pas lui-même donné l'exemple?

« Soyons prêts à tout pour son service, quelle que soit la voie qu'il nous trace ; voilà la vraie vertu. »

Nous nous taisions ; mais il est probable que nos physionomies attristées parlaient pour nous, car maman se mit à sourire :

« Cela ne veut pas dire que j'aie l'intention de vous empêcher jamais de répondre à l'appel de Dieu, mes chéris. Madeleine prendra le voile et Jean recevra les ordres, s'il plaît au divin Pasteur de me prendre mes petits agneaux pour sa bergerie. »

Nous sautâmes au cou de maman sans remarquer son

émotion, et cette bonne parole nous rendit notre tranquillité.

LE SOIR

Quelle consolante impression j'emporte de l'instruction de tantôt !

Après les paroles si austères de ce matin, le Père nous en a adressé de bien douces, qui m'ont rendu la paix et le courage.

Oui, nous devons craindre le Seigneur, le Maître tout-puissant, le Juge auquel rien n'est caché.

Nous devons surtout craindre de l'offenser ; mais quand nous avons eu ce malheur, ce serait l'irriter encore davantage que de manquer de confiance en doutant de sa miséricorde.

Autant il se montre inexorable pour le pécheur impénitent qui refuse de s'humilier et d'avouer son crime, autant il est indulgent pour l'âme qui reconnaît ses faiblesses et implore son pardon.

« Vous avez tous de bons parents, une bonne et tendre mère ! » s'est écrié le prédicateur ; et à ces mots je n'ai pu m'empêcher de jeter un regard de tendresse et de reconnaissance vers maman...

« Eh bien, rappelez-vous tous les soins que vous leur avez coûtés depuis votre naissance, leurs inquiétudes quand vous étiez malades ; leur sollicitude pour vous instruire, leur désir constant de vous rendre heureux, de prévenir vos moindres souhaits. Embrassez d'un seul

coup d'œil ces douze années
que vous avez passées sur la
terre ; voyez ce qu'elles repré-
sentent de dévouement et de
tendresse, et dites-vous que ce
n'est rien encore en compa-
raison de l'amour que Dieu a
pour vous.

« Un enfant qui a le cœur
bien placé doit craindre ses
parents et redouter de leur
faire la moindre peine ; mais
si sa légèreté leur a causé quelque chagrin, peut-il hésiter un
seul instant à se jeter dans leurs
bras ?

« Ne sait-il pas d'avance
qu'ils seront émus de ses regrets, qu'ils arrêteront même
l'aveu pénible sur ses lèvres ?

« Pourquoi donc agirions-
nous autrement avec le meilleur
des pères ? »

A l'appui de ce thème si consolant, il nous a cité l'exemple de l'*enfant prodigue*.

Comme il était coupable, ce fils qui avait déserté le foyer paternel, laissant dans les larmes ceux qui l'avaient mis au monde !

Pendant qu'il s'oubliait dans des plaisirs funestes, rien ne pouvait lasser leur attente.

Chaque jour ils allaient sur la route, espérant son retour ; et quand, vaincu par l'épreuve et la misère, il se décide à reprendre le chemin de la maison familiale, il les aperçoit de loin, les bras étendus pour le recevoir.

Il n'entend pas de reproches, il ne reçoit que des baisers. Sa mère remplace les lambeaux qui le couvrent par des vête-

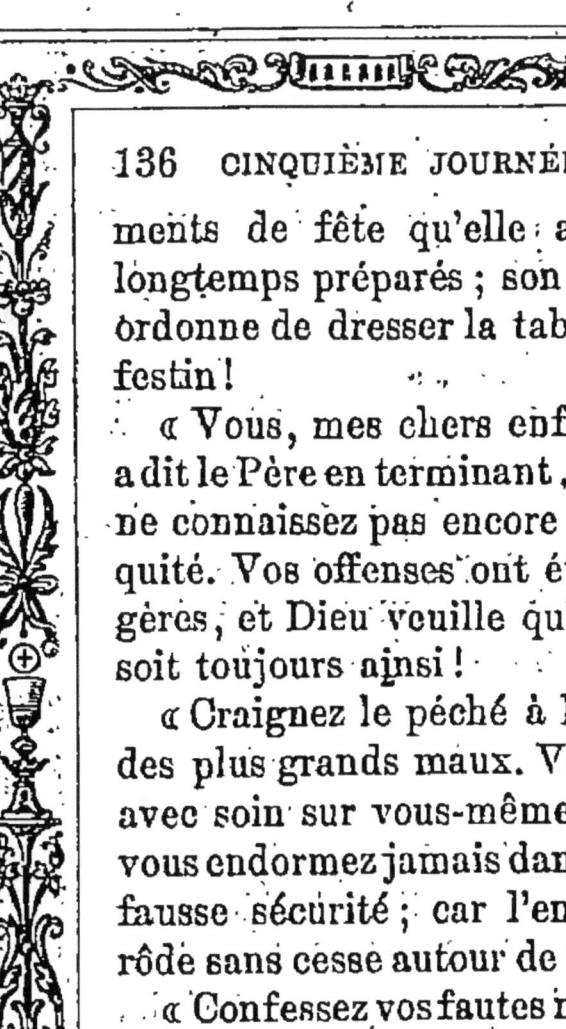

ments de fête qu'elle a dès longtemps préparés ; son père ordonne de dresser la table du festin !

« Vous, mes chers enfants, a dit le Père en terminant, vous ne connaissez pas encore l'iniquité. Vos offenses ont été légères, et Dieu veuille qu'il en soit toujours ainsi !

« Craignez le péché à l'égal des plus grands maux. Veillez avec soin sur vous-mêmes, ne vous endormez jamais dans une fausse sécurité ; car l'ennemi rôde sans cesse autour de vous.

« Confessez vos fautes même les plus légères, et faites-en pénitence ; c'est le seul moyen d'éviter les chutes graves. Les appuis, les conseils, les lumières ne vous manquent pas, tandis qu'il existe sur terre des êtres bien moins privilégiés que vous. Songez à ceux qui sont nés aux époques de trouble et d'incrédulité ; qui n'ont pas appris à prier Dieu sur les genoux d'une mère pieuse ; qui ont vu les églises fermées, les prêtres chassés ; qui ont été bercés par les doctrines les plus perverses.

« Plaignez le malheur de ces pauvres âmes qui n'ont pas reçu la lumière, et s'il en existe près de vous dans vos familles, trouvez au fond de vos cœurs la caresse qui émeut, le mot qui touche et ébranle.

Et surtout priez pour elles. Dieu ne refuse rien à un enfant de la première communion. »

Pendant que le prédicateur descendait de la chaire, je me mis à prier avec ardeur pour tous ceux qui n'ont pas su pro-

fiter de la grâce ; et en même temps je remerciai Dieu du bonheur qu'il m'avait accordé en me donnant des parents chrétiens.

Pendant un instant je goûtai par avance le bonheur que j'aurais à marcher vers la Table sainte accompagnée de mon père et de ma mère.

Puis tout à coup je reçus comme un choc intérieur. Et mon grand-père si bon et que j'aimais tant, serait-il avec nous ? Je ne le voyais jamais venir à l'église, et une fois je l'avais entendu dire :

« Nous autres, les fils de Voltaire !... »

Or, pour moi, Voltaire c'est Satan en personne !

Je suis rentrée toute songeuse et préoccupée ; mais nul

n'a pensé à s'en étonner, puisque je suis en retraite.

Avant le dîner je me suis enfermée dans ma chambre, et aux pieds de mon crucifix j'ai imploré Dieu de toute mon âme, le suppliant de me donner du courage, de m'inspirer et de me mettre à la hauteur de la grande tâche que je voudrais accomplir.

Il me semble que si je devais échouer, il n'aurait pas fait naître en moi cette résolution dans l'église même et pendant ma prière.

J'ai appelé la sainte Vierge et saint Joseph à mon secours, ils ne peuvent pas m'abandonner.

Après le dîner, grand-père se retire toujours dans sa chambre pour se reposer un

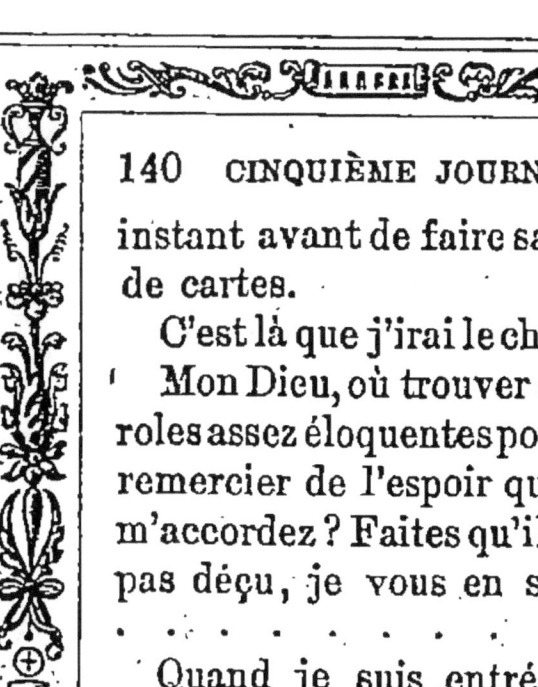

instant avant de faire sa partie de cartes.

C'est là que j'irai le chercher.

Mon Dieu, où trouver des paroles assez éloquentes pour vous remercier de l'espoir que vous m'accordez ? Faites qu'il ne soit pas déçu, je vous en supplie.

. . . .

Quand je suis entrée chez bon papa, il lisait près de sa fenêtre ouverte.

Un rayon du soleil couchant dorait toute sa chambre, qui était toute parfumée par l'odeur des chèvrefeuilles et des jasmins ; et il y avait un concert d'oiseaux dans les branches.

« Tiens ! c'est toi, fillette ? » fit-il en abaissant son journal et en fixant sur moi son bon regard par-dessus ses lunettes : « Quel est le bon vent qui

t'amène, à l'heure où il est si
agréable de jouer au jardin ? »

Je tremblai comme la feuille,
mais je m'efforçai de sourire
en m'asseyant sur un tabouret
que j'approchai de son fauteuil.

« C'est que je ne vous ai
pas beaucoup vu aujourd'hui,
grand-père, et j'ai pensé vous
faire plaisir; et puis vous savez
que je suis en retraite, et pendant la retraite on ne joue pas.

— Ah ! on ne joue pas ? Tu
ne fais pourtant pas de mal en
t'amusant avec tes frères et
sœurs ?

— Non, mais on est bien
content de sacrifier un amuse-
ment pour l'amour du bon Dieu,
quand on a comme moi si peu
de mérites à lui offrir. »

Je tenais mes yeux baissés,
mais je sentais qu'il me regar-

dait attentivement ; et je tres-
saillis quand il me demanda
d'un ton un peu brusque :

« Eh bien, qu'est-ce qu'on
y fait à ta retraite, et de quoi
y parle-t-on ? »

J'invoquai mentalement l'Esprit-Saint, le conjurant de parler par ma bouche ; et je me
mis à lui faire le résumé de tout
ce que j'avais entendu dans les
deux instructions de la journée.
Je parlai du Dieu terrible et mi-
séricordieux qu'il faut redouter
et aimer à la fois ; je m'étendis
sur la crainte et la confiance,
deux sentiments bien dissem-
blables en apparence, et qui pourtant se complètent si parfaitement. Je racontai l'histoire de
l'enfant prodigue et la parabole
des ouvriers de la dernière heure.

. . . .

Je parlais, je parlais sans m'arrêter; si bien que le souffle finit par me manquer.

« Peste ! quel apôtre tu fais ! » fit grand-père en me pinçant la joue.

Ce geste me rassura ; j'osai lever les yeux, il souriait. Ma timidité disparut :

« Ah ! mon bon papa, je dis cela très mal ; mais si vous voulez l'entendre mieux, venez donc à l'église demain avec nous. Vous verrez comme le prédicateur parle bien. »

Il fronça un peu le sourcil.

« Je n'ai pas besoin d'une église bâtie par les hommes, ma petite. Le temple, le voici ! »

Sa main s'étendait vers le ciel embrasé.

« Et les plus beaux discours ne valent pas l'harmonie de

la nature, dont j'entends les accords. Mon autel à moi, c'est la terre. Ne sens-tu pas son encens ? »

Sa voix était devenue vibrante, son vieux visage s'était comme transfiguré.

Je fus atterrée ! En face de sentiments si profondément enracinés, exprimés dans un si beau langage, que pouvait ma pauvre petite éloquence d'enfant ?

En un instant je vis mon beau rêve anéanti par la triste réalité, et incapable de supporter cette déception si cruelle, j'éclatai en sanglots si violents, que le pauvre vieillard en fut bouleversé. Il me prit dans ses bras, me dorlota ; mais je n'en pleurais que plus fort.

Je l'entendais qui murmurait

tout bas, comme se parlant à lui-même :

« C'est inouï, une pareille émotion, une si grande force de conviction chez une enfant si jeune ; je n'aurais jamais cru. C'est à ébranler les plus sceptiques ! »

Plusieurs fois il me demanda :

« Mais enfin, qu'as-tu, ma petite chérie ? »

Et je répondais d'une voix entrecoupée :

« Du chagrin, grand-père, beaucoup de chagrin ! »

Tout à coup je me sentis poussée par un élan irrésistible. Je me dégageai brusquement, et me jetant à genoux au milieu de la chambre, je criai d'une voix suppliante :

« Mon Dieu ! faites que mon

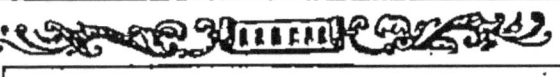

cher grand-père revienne à vous, et je vous promets de m'imposer tous les jours un sacrifice pénible jusqu'à ma seconde communion ! »

J'avais à peine jeté cet appel désespéré, que je fus épouvantée de mon audace.

Je me cachai le visage dans mes deux mains, et je restai à genoux. Quelques minutes se passèrent, qui me parurent un siècle; puis je sentis deux mains vénérées s'appuyer sur ma tête, et j'entendis ces paroles :

« Dieu puissant, je me remets entre vos mains ; si vous faites le miracle que vous demande cette enfant, vous n'aurez pas de serviteur plus fidèle que moi ! »

Le ciel s'était donc ouvert? Un des anges du Seigneur était-il descendu?

Grand-père me releva, me serra longtemps sur sa poitrine; puis, m'embrassant une dernière fois :

« Va, mon cher trésor ; prie bien pour moi, et à demain. »

J'essuyai mes yeux dans l'escalier. Toute la famille était au jardin, et heureusement il commençait à faire sombre.

Je m'approchai de maman, et lui demandai la permission de me coucher; elle me l'accorda tout de suite. J'avais besoin d'être seule; mais avant de monter j'appelai mon frère, qui avait l'air tout désorienté de mon absence :

« Jean, prie bien ce soir pour grand-père !

— Pourquoi? Est-ce qu'il est malade?

— Non, c'est-à-dire oui

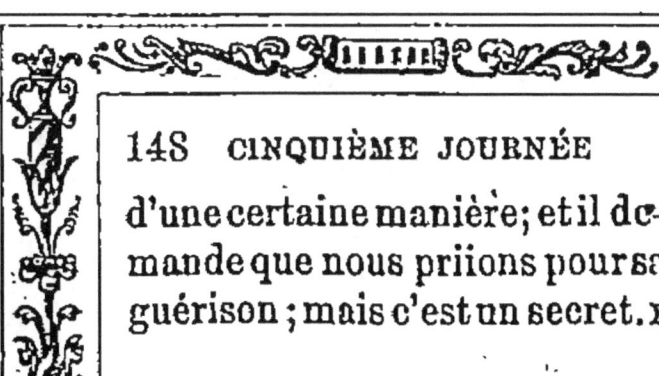

d'une certaine manière; et il demande que nous priions pour sa
guérison; mais c'est un secret.»

Maintenant que je suis seule
dans ma petite chambre, je me
demande si je ne rêve pas, si
tout cela est bien arrivé. Est-il
possible que Dieu ait voulu se
servir d'une pauvre petite fille
comme moi pour remporter une
victoire si éclatante?

Mon grand-père a une intelligence merveilleuse qu'il a mise
toute sa vie au service de son
pays; son nom est connu et
respecté. Tandis que moi je ne
sais rien, je n'ai rien que ma
foi; une foi sincère, il est vrai,
et n'est-il pas dit qu'elle trans-
porte les montagnes?

J'ouvre mon *Imitation*, pour
y chercher une pensée qui me

donne du courage et de l'espoir, et j'y trouve ces lignes consolantes :

C'est moi qui donne la science, et j'accorde aux petits une intelligence plus claire que celle que les hommes peuvent donner.

C'est moi qui élève un esprit humble, au point qu'il pénètre plus de secrets de la vie éternelle qu'un autre en apprendrait dans les écoles en dix années d'études. Quelques-uns en m'aimant de tout leur cœur ont appris des choses divines, et en parlent admirablement.

C'est moi qui enseigne la vérité au dedans, qui sonde les cœurs, qui pénètre leurs pensées et qui distribue à chacun mes dons selon que je le juge à propos[1].

[1] *Imit.*, l. III, ch. XLIII.

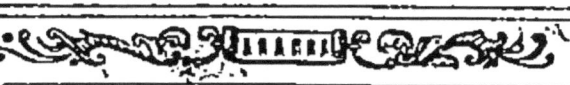

PRIÈRE

O mon Dieu, je suis dans votre main puissante comme un instrument bien faible, bien incomplet, dans la main d'un habile ouvrier.

Je ne sais rien, je ne puis rien par moi-même; mais je vous aime et je voudrais vous faire aimer.

S'il vous a plu de vous servir de moi pour toucher une âme si belle et qui m'est si chère, soyez-en mille fois béni!

Accordez-moi pleine et entière la grâce que vous me faites entrevoir. Que j'aie la joie de voir mon cher grand-père rentrer au bercail.

Il me semble qu'il y aura une grande fête au ciel pour son retour, et que si nous nous

tenons par la main, j'aurai aussi ma part dans vos miséricordes.

Ma première communion en sera plus largement bénie.

Mais je vous en prie, mon Jésus, faites que je ne sois pas seule à être heureuse. Que toutes les familles soient unies, que pas un regret ne vienne troubler l'allégresse de mes compagnes.

Souvenez-vous du vœu que j'ai fait, Seigneur, et ne craignez pas que je l'oublie.

Vous me ferez connaître les sacrifices qui vous seront agréables et je les accepterai avec joie.

Protégez et conservez l'âme de votre petite servante au milieu des dangers de cette vie corruptible, et m'accompagnant

*de votre grâce, conduisez-moi
par le chemin de la paix dans
la patrie de l'éternelle clarté*[1].

Je vais dire une dizaine de
chapelet en méditant sur le
*Recouvrement de Jésus au
temple*, et je demanderai au
divin Enfant, dont les paroles
confondaient les docteurs, de
parler par ma bouche.

SAINTE ROSE DE VITERBE

La vie des saints est remplie
d'exemples de vertu donnés
par des enfants dès leur bas
âge.

Dieu accorde volontiers des
faveurs singulières aux faibles
et aux innocents, et c'est là

[1] *Imit.*, l. III, ch. LIX.

un puissant encouragement pour ceux qui sont au début de la vie.

Rose n'avait que six ans lorsque Viterbe, sa ville natale, tomba au pouvoir de Frédéric II, empereur d'Allemagne, qui portait les armes contre le pape.

Animée du souffle de l'Esprit-Saint, l'enfant réveilla le courage de ses concitoyens; à sa voix ils sortirent de leur abaissement; l'usurpateur fut chassé.

Rose leur prêcha alors la pénitence avec une éloquence vraiment miraculeuse, vu son jeune âge et son ignorance des Écritures saintes, qu'elle citait cependant à tout propos, sous l'influence d'une inspiration céleste.

Elle fit des conversions innombrables.

Tous voulaient l'entendre, et la légende raconte que quand la foule était trop considérable, la pierre sur laquelle elle montait pour parler de Dieu s'élevait dans les airs, la soutenant au-dessus de tout le peuple, qui de cette façon ne perdait aucune de ses paroles.

Convertis par elle, les habitants de Viterbe devinrent de parfaits chrétiens.

Dieu ne refusait rien à sa prière.

Sa tante, étant morte, se releva à son appel de sa couche funèbre.

Deux fois le don de prophétie lui fut accordé : d'abord pour prédire le triomphe des

croisés et l'entrée de saint Louis à Damiette ; ensuite pour annoncer la mort de Frédéric, persécuteur du peuple chrétien et du vicaire de Jésus-Christ.

Son plus ardent désir était d'embrasser la vie religieuse, et elle se présenta à plusieurs reprises à la porte du couvent de Sainte-Marie-des-Roses. Elle fut obstinément repoussée, et elle dût se contenter de la vie ascétique qu'elle parvint à mener dans la maison de son père.

Dieu voulait que la sainte maison ne s'ouvrît pour elle que par miracle et après sa mort.

En 1258 il la rappela à lui, à l'âge de dix-sept ans et dix mois.

L'année suivante le pape

Alexandre IV étant à Viterbe, l'enfant lui apparut et lui ordonna d'aller en personne chercher son corps, déposé dans l'église près du bénitier.

« Tes mains seules doivent me toucher, successeur de Pierre ; et une rose t'indiquera l'endroit précis de ma sépulture. Dieu t'ordonne de porter mes restes au couvent de Sainte-Marie. »

Le saint-père obéit, ouvrit la fosse de ses mains augustes ; l'angélique figure reposait intacte, sans aucune trace de décomposition. La pourriture du tombeau n'avait pu corrompre celle que le péché n'avait jamais souillée.

Alexandre IV l'enleva respectueusement et la transporta avec solennité dans le cloître

dont elle avait tant désiré faire le refuge de ses jeunes années.

Les religieuses reçurent donc, morte et vénérée, celle qu'elles avaient refusé d'admettre de son vivant.

Des miracles plus nombreux que les années passées sur la terre par la jeune sainte rendirent son tombeau célèbre. Ils sont la preuve évidente du prix que Dieu attache à une âme immaculée.

Quel exemple meilleur pourrait-on offrir aux enfants qui se préparent à la première communion? Comme la petite Rose, ils ont le cœur pur et ils aiment Dieu. Comme elle, ils possèdent le pouvoir de toucher les âmes et de les ramener à la lumière de l'éternelle vérité.

SIXIÈME JOURNÉE
DEUXIÈME JOUR DE LA RETRAITE

LE MATIN

Mes préoccupations d'hier au soir n'ont pas cessé pendant mon sommeil. J'ai été hantée par des rêves tour à tour joyeux et terribles. Tantôt je me voyais dans une belle église. Dans le fond du chœur, Notre-Seigneur apparaissait resplendissant au milieu d'une gloire, et je m'avançais doucement vers lui, avec mon cher grand-père, dont je serrais la main bien fort. Puis tout à coup, au moment où nous allions atteindre ce qui nous semblait être déjà le

ciel, la radieuse clarté s'étei-
gnait, des clameurs affreuses
éclataient autour de moi, mon
cher compagnon m'était arra-
ché, et je l'entendais dans les
ténèbres appeler d'une voix
déchirante : « Madeleine! Madeleine! »

L'angoisse horrible que je
ressentis et le cri que je pous-
sai me réveillèrent ; je regar-
dai autour de moi avec épou-
vante.

La vue de ma bonne mère,
qui se penchait sur mon lit,
me rassura.

« Je t'ai entendue de ma
chambre, ma chérie, et je suis
accourue. Serais-tu souffrante ?

— Non, maman ; mais j'ai
vu des choses terribles ! »

Et malgré moi je regardais
à droite et à gauche ; j'éprou-

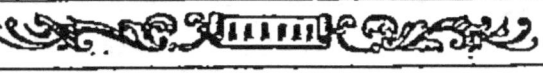

vais le besoin de m'assurer
que ces visions affreuses avaient
disparu.

« Tu as eu un cauchemar,
tout simplement ; une boisson
calmante va te rendre le repos, fit ma mère en me présentant un verre qu'elle avait
préparé.

« Prends ton chapelet, c'est
le meilleur moyen d'obtenir
un sommeil tranquille.

— Surtout si vous y ajoutez
un bon baiser, maman ! »

Au bout de la première dizaine j'étais endormie, et si
profondément que je me réveil-
lai un peu en retard. Mais je
m'habillai avec une telle hâte,
que j'arrivai à être prête la
première.

Avant de descendre, je courus à la porte de la chambre

de grand-père; j'écoutai: pas
un mouvement; aucun bruit
ne se faisait entendre; je pous-
sai un gros soupir.

J'avais si bien espéré qu'il
me ferait demander ce matin!
Mes rêves étaient-ils donc des
pressentiments?

J'eus bien des distractions
pendant le trajet jusqu'à l'é-
glise; je n'étais pas du tout à
la récitation de notre rosaire,
et Jean fut obligé de me faire
signe à plusieurs reprises.

Je venais de gagner ma
place et d'épancher dans le
cœur de Jésus le gros chagrin
dont le mien était plein, lorsqu'en me relevant mes yeux
furent attirés vers la nef de
gauche.

Là, à l'abri d'un pilier,
presque en face de la chaire,

quelqu'un était assis, et ce quelqu'un... Oh! mon Dieu! n'était-ce pas un songe? C'était mon bon papa chéri, qui me regardait en souriant.

Je restai pétrifiée : il me vint une envie de pleurer, puis de rire, et ne sachant comment lui témoigner ma joie, qu'il devait pourtant bien lire sur mon visage, je joignis les mains avec ferveur, puis je fis un grand signe de croix. O bonheur! il m'avait comprise; car, se tournant un peu vers l'autel, il leva sa main droite et se signa.

Cette fois ce fut plus fort que moi. J'enfouis mon visage dans mon manuel, et je versai des larmes de joie.

« Mon Dieu! que vous êtes bon! répétais-je sans me

lasser, quelle fête cela va être à la maison ! »

Et dire que je suis la seule au courant d'un si grand miracle !

Chère maman ! si elle se doutait !

A ce moment je me penchai un peu pour la regarder, je la vis très pâle ; ses yeux, fixés sur moi, semblaient m'interroger anxieusement. Évidemment elle avait aperçu grand-père.

Je n'y pus tenir. Faisant de la tête un signe affirmatif, je posai en même temps le doigt sur mes lèvres.

Il n'en fallut pas davantage ; nous nous entendions à demi-mots, petite mère et moi.

Je vis son cher visage s'il-

luminer, puis elle se mit en prières. Nous étions deux désormais pour remercier le Seigneur.

La messe venait de commencer.

Oh! comme je l'ai entendue pieusement, et qu'il est bon d'avoir à remercier!

Comment se fait-il qu'il y ait des âmes ingrates? La reconnaissance est une chose si douce au cœur!

En montant en chaire, le prédicateur nous a annoncé que toute cette journée serait consacrée à parler de la première communion, et il a commencé son instruction en nous demandant si nous comprenions bien la grandeur de ce sacrement.

Nous sommes bien jeunes en effet, et nos yeux sont bien faibles pour percer les voiles de ce mystère auguste; et pourtant si nos cœurs sont déjà capables d'aimer, nous pouvons approcher sans crainte, car tout est amour dans l'Eucharistie.

Une âme sans tache, une volonté bien sincère d'être à lui, voilà tout ce que Jésus demande. Mais ce n'est pas une innocence d'un jour ni des résolutions passagères qu'il exige; il veut que notre fidélité nous soit plus précieuse que notre vie elle-même.

Le jeune martyr Tarcisius est le plus bel exemple des merveilleux effets de l'amour divin.

Ce n'était qu'un enfant, fra-

gile de corps et peu savant d'esprit; mais il aimait Jésus dans la simplicité de son âme d'un amour ardent et fort, et cet amour a suffi pour le placer au rang des confesseurs de la foi.

Porteur des saintes Espèces qui lui ont été confiées et qu'il doit remettre aux chrétiens réunis dans les catacombes, il affronte sans pâlir les dangers les plus menaçants. On s'empare de lui, on l'accable d'outrages, il est meurtri de coups, et son sang coule de toutes parts.

Les ombres de la mort apparaissent déjà sur son visage. Sans doute le précieux dépôt qu'il cache sur sa poitrine déchirée lui a déjà échappé; ses bras affaiblis se sont dé-

tendus, et la horde des païens va pouvoir satisfaire sa fureur sacrilège ?...

Il n'en est rien, ses membres délicats semblent de fer. Aucune force humaine n'a pu vaincre leur résistance. Le divin amour est invincible. Il tombe; un soldat du Christ fend la foule, le reçoit dans ses bras, court le déposer sur l'autel caché où vont se célébrer les saints mystères...

Et sur ce cœur virginal, ciboire plus pur que l'or le plus précieux, le prêtre vient chercher le pain des anges pour le distribuer aux fidèles.

Eh bien! tous nous pouvons, nous devons être des Tarcisius. Si nos âmes bien préparées se donnent à Jésus sans réserve, nous traverserons

les combats de la vie en gardant intact le trésor de notre première communion.

Nous aurons peut-être beaucoup à souffrir, les blessures que nous recevrons seront cruelles, nous ne pourrons peut-être pas éviter des chutes douloureuses ; mais si nous serrons étroitement notre Jésus sur notre cœur, si la peine et le plaisir sont également impuissants à dénouer notre étreinte, notre victoire est assurée.

Au dernier jour Notre-Seigneur retrouvera en nous sa divine présence, et il nous donnera une place dans la sainte phalange des martyrs obscurs et inconnus.

Le Père s'est alors écrié avec des larmes dans la voix :

« Mes chers petits enfants,

ouvrez donc vos cœurs, ou-
vrez-les bien grands. Qu'ils
soient tous comme des salles
bien ornées, prêtes à recevoir
le divin Maître qui vient y
célébrer la céleste Pâque.
Votre Jésus va passer bientôt, craignez à l'égal de la
mort *qu'il passe et ne revienne
pas!*

« Qu'aucun effort ne vous
coûte. Vous serez d'autant plus
heureux, que vous aurez fait
davantage pour votre Dieu.

« J'en appelle à tous ceux
qui vous ont précédés à la
sainte Table depuis des générations. Consultez leurs souvenirs. Demandez-leur si les
joies que vous allez goûter
n'ont pas été les plus pures et
les plus douces de leur vie, si
leur reflet n'a pas embelli en

même temps leurs jours heureux et adouci l'amertume des heures de détresse!

« Aimez Jésus, mes enfants! et après-demain, quand vous sortirez de ce temple, vous emporterez un trésor dans lequel vous pourrez puiser jusqu'à la vie éternelle! »

On nous a laissés un instant en silence, sous l'impression de ces paroles.

J'en étais comme transportée, et ce fut à regret que je me levai pour la répétition des divers mouvements que nous serons appelés à faire. Je marchai tout le temps les yeux baissés, me disant :

Quand je referai ce même parcours, je serai comme Tarcisius, je porterai Jésus en moi!

En passant à côté du pilier

près duquel se tenait grand-père, je vis qu'il n'était plus là.

Mes compagnes dirent les prières de la communion, je récitai l'acte de consécration à la sainte Vierge, puis le signal du départ fut donné.

Je rejoignis maman et mon frère à la porte de l'église, et nous revînmes en silence.

Mais je voyais bien le trouble de ma pauvre mère. Dès que nous fûmes à la maison, elle me prit à part et me questionna.

Je l'embrassai tendrement :

« Maman chérie, je ne puis rien vous dire : c'est un secret avec le bon Dieu. Priez beaucoup avec moi ! »

Pour rien au monde je n'aurais voulu lui donner une fausse joie.

Le déjeuner s'est passé comme à l'ordinaire ; aucune allusion n'a été faite à la sortie de grand-père, qui croit certainement que j'ai été seule à le voir.

Mon petit Jean est venu s'asseoir à l'ombre avec moi, et nous avons médité ensemble le III° chapitre du IV° livre de l'*Imitation* :

Voici que je viens à vous, Seigneur, pour profiter de votre don et me réjouir en votre banquet sacré, que vous avez préparé pour le pauvre dans l'excès de votre miséricorde. Comblez donc aujourd'hui l'âme de votre serviteur, parce que j'ai élevé mon âme vers vous.

A chacune de ces pieuses pensées si bien en harmonie avec l'état de nos cœurs, le

pauvre petit soupirait et murmurait :

« Que tu es heureuse, Ma-
deleine! »

C'est une petite âme choisie
par Dieu.

Le cher enfant a soif de la
sainte communion.

———

LE SOIR

Je suis obligée de confesser
qu'en entrant à l'église cet
après-midi, mon premier mouvement a été de chercher
grand-père près de son pilier,
avant même de prendre de
l'eau bénite et de m'agenouiller.

Il y était, Dieu merci! mais
j'ai commencé ma prière par
un acte de contrition.

J'espère que le Seigneur me

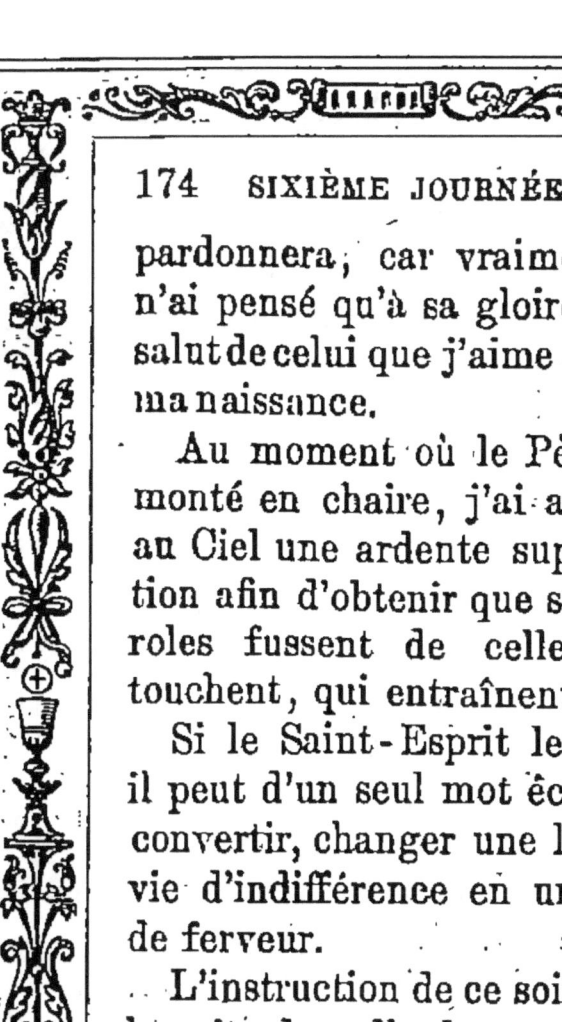

pardonnera; car vraiment je n'ai pensé qu'à sa gloire et au salut de celui que j'aime depuis ma naissance.

Au moment où le Père est monté en chaire, j'ai adressé au Ciel une ardente supplication afin d'obtenir que ses paroles fussent de celles qui touchent, qui entraînent.

Si le Saint-Esprit le veut, il peut d'un seul mot éclairer, convertir, changer une longue vie d'indifférence en une vie de ferveur.

L'instruction de ce soir était la suite de celle de ce matin. Notre désir ardent de la sainte communion ne doit pas affaiblir en nous la crainte d'être indignes au moment de nous asseoir au divin banquet.

Dieu nous attire à lui; mais

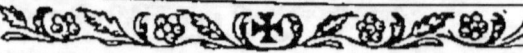

il a appelé également ses Apôtres, il leur a donné son sang à boire, sa chair à manger, et tous l'ont abandonné!

Bien plus, deux d'entre eux l'ont trahi et renié. Judas l'a livré par un baiser, Pierre a affirmé avec serment qu'il ne connaissait pas *cet homme!*

Si les amis du Sauveur l'ont ainsi traité au moment où il venait d'accomplir pour eux la plus grande des merveilles, quelle confiance pouvons-nous avoir en nous-mêmes!

En communiant de la main de son Maître, Pierre n'avait pas vaincu en lui la lâcheté et le respect humain.

Judas n'avait pas chassé de son cœur la basse jalousie et la cupidité, et voilà pourquoi ils ont si vite failli.

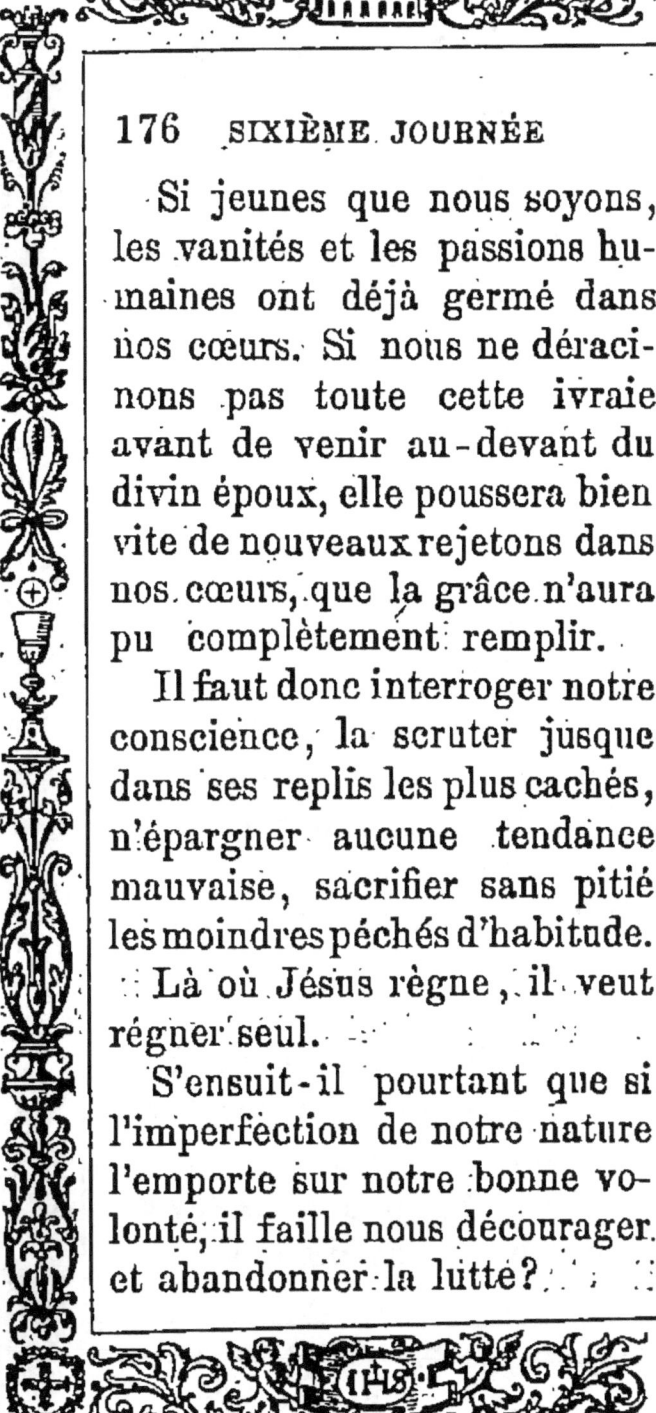

Si jeunes que nous soyons, les vanités et les passions humaines ont déjà germé dans nos cœurs. Si nous ne déracinons pas toute cette ivraie avant de venir au-devant du divin époux, elle poussera bien vite de nouveaux rejetons dans nos cœurs, que la grâce n'aura pu complètement remplir.

Il faut donc interroger notre conscience, la scruter jusque dans ses replis les plus cachés, n'épargner aucune tendance mauvaise, sacrifier sans pitié les moindres péchés d'habitude.

Là où Jésus règne, il veut régner seul.

S'ensuit-il pourtant que si l'imperfection de notre nature l'emporte sur notre bonne volonté, il faille nous décourager et abandonner la lutte?

Le maître que nous servons
est-il sans pitié, et ne connaît-
il pas l'indulgence et le pardon? Comment en use-t-il
avec ses apôtres coupables?

Il vient au-devant de Judas,
qui le désigne à la cohorte
déicide, et il l'appelle son ami!

Quand Pierre le renie, il le
regarde avec tant de tendresse,
que l'apôtre un instant égaré
pleure sa faute jusqu'à sa mort.

Si Judas l'avait voulu, il lui
aurait suffi d'un mot pour rentrer en grâce.

Ce mot, Pierre l'a dit après
la résurrection. Le Christ lui
apparaît et lui demande trois
fois : « Pierre, m'aimes-tu? »
Et trois fois, d'un élan toujours
croissant, il s'écrie :

« Oui, Seigneur, vous savez
bien que je vous aime! »

« Tout est là, mes enfants! s'est écrié le bon Père.

« Aimez! aimez! et faites tout ce qu'il vous plaira, car la charité envers Dieu et envers notre prochain ne peut rien vous inspirer que de bon. Et vous tous qui êtes ici et qui m'entendez, vous qui accompagnez ces chers enfants de vos vœux et de votre tendresse, si vous avez été fidèles, efforcez-vous de vous élever plus haut encore, pour leur servir d'exemple.

« Mais si vos forces ont faibli au début de la route, si vous vous êtes perdus dans les sentiers de l'oubli et de l'iniquité, rappelez-vous que cette heure bénie a aussi été la vôtre!

« Vous aussi, vous avez revêtu la livrée des anges! Vous

avez vu ceux qui vous por-
taient entre leurs bras depuis
votre enfance verser de douces
larmes!

« Si lointain que soit ce
souvenir, si faible que soit
cette petite lumière, ne dé-
tournez pas la tête en passant
votre chemin. Il ne vous faut
peut-être qu'une parole, et je
suis sans doute impuissant à
la dire! Mais ces enfants vous
la diront.

« Venez! venez! aimons Jésus ensemble, aimons-nous en
Jésus! »

Oh! le bon et vénéré Père!
Il était vraiment envoyé du
ciel, et j'aurais voulu pouvoir
l'arrêter au passage et baiser
le bas de sa robe. Il avait fait
pleurer grand-père, que j'aper-
cevais tout courbé et le visage

dans son mouchoir. Nous tous aussi nous pleurions ; mais que sont des larmes d'enfant, si faciles à faire couler, à côté des pleurs brûlants qui jaillissent des paupières arides d'un vieillard !

Mon Dieu ! bénissez toutes nos larmes, je vous les offre ; faites qu'elles retombent sur nous comme une rosée divine.

On nous a retenus longtemps à l'église pour les exercices, et nous ne sommes rentrés qu'à l'heure du dîner. La place de bon papa était vide ; un peu fatigué, il s'était fait servir dans sa chambre.

Le repas me sembla mortellement long.

Dès que je pus m'échapper, je montai ; mais, arrivée à la porte, je fus prise d'un embar-

ras insurmontable, et je crois
que je serais restée toute la
soirée sans oser frapper, si un
bruit de pas au bout du corri-
dor ne m'avait décidée. Qu'aurais-je dit pour expliquer ma
présence?

Je hasardai donc un coup
timide, et j'entrai sans attendre
la réponse.

Grand-père était là, dans
son fauteuil habituel; mais au
lieu de son journal il tenait
un petit livre et un ou deux
objets que je ne vis pas bien,
et qu'il posa sur la table.

« Grand-papa, je viens sa-
voir si vous n'êtes pas malade, » fis-je sans oser avancer et d'une voix étranglée.

Il sourit doucement, et sans
rien dire il approcha de lui le
petit tabouret où je m'étais

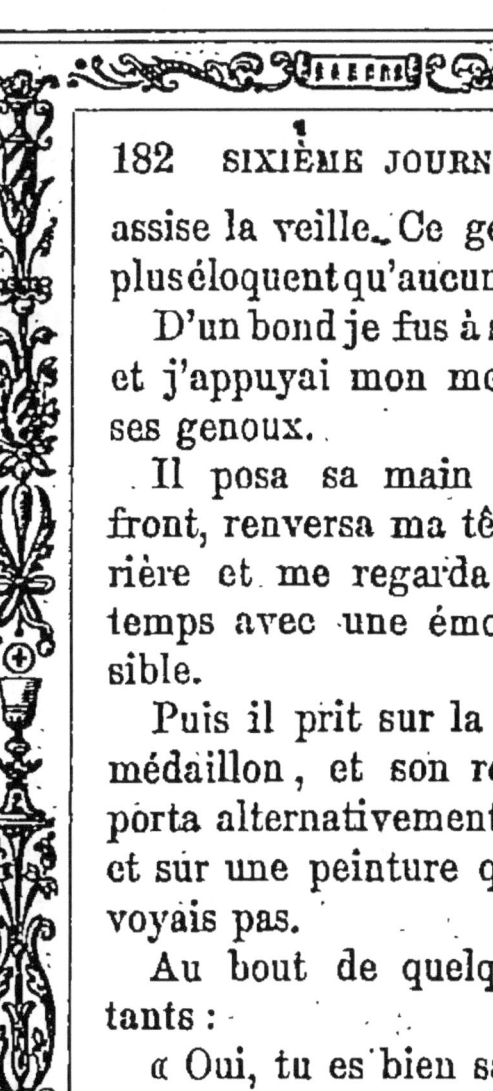

assise la veille. Ce geste était plus éloquent qu'aucune parole.

D'un bond je fus à ses pieds, et j'appuyai mon menton sur ses genoux.

Il posa sa main sur mon front, renversa ma tête en arrière et me regarda quelque temps avec une émotion visible.

Puis il prit sur la table un médaillon, et son regard se porta alternativement sur moi et sur une peinture que je ne voyais pas.

Au bout de quelques instants :

« Oui, tu es bien sa petite-fille. C'est ainsi qu'elle devait être à douze ans; tu as tout d'elle, les traits et le cœur!

— Mais de qui parlez-vous donc, grand-père?

— De ton aïeule, de ma sainte mère dont voici le portrait. »

Il mit sous mes yeux une miniature. Elle représentait une jeune femme blonde aux yeux bleus; son expression était douce et mélancolique.

« Je l'ai trop peu connue pour mon malheur, continuat-il à voix basse; mais je ne l'ai pas oubliée, et ce médaillon, qui contient aussi ses cheveux, ne m'a jamais quitté.

« Voilà encore un vieux petit livre qu'elle aimait et dont elle se servait tous les jours, le *Combat spirituel*, et ce nœud blanc fané soutenait une croix qu'elle avait attachée à mon berceau avec l'espoir que son enfant chéri ne perdrait jamais la foi. Pauvre mère! »

Et deux grosses larmes tombèrent sur la soie jaunie.

« Elle aussi avait fait une bonne première communion, mais non pas comme tu vas la faire, dans une église en fête, ma chérie, mais dans une prison où elle avait rejoint sa mère, et d'où celle-ci sortit pour aller à l'échafaud, la laissant deux fois orpheline, car mon père avait été tué aux Tuileries le 10 août.

« Jamais son cher visage n'avait retrouvé sa gaieté; mais elle était si bonne, si tendre! Pourquoi l'ai-je perdue si tôt? près d'elle je n'aurais jamais oublié ma religion. »

Je pleurais à chaudes larmes; entourant le cou de mon grand-père de mes deux bras,

j'appuyai ma joue contre la sienne.

« Cher bon papa, elle est toujours là ; son âme n'est pas morte, vous pouvez la rendre bien heureuse. Je vais la prier, car c'est une sainte, et si vous le voulez, elle sera après-demain entre nous ! »

Il me sembla que grand-père priait mentalement. Je saisis ces mots : « Mère ! mère, entendez cette enfant. »

Puis il parut se calmer, m'embrassa doucement en me disant :

« Va te reposer, ma chère petite ; laisse-moi seul avec mes souvenirs, et à demain. »

Cette fois je ne redescendis pas, j'étais trop ébranlée. Je ne sais pas trop ce que je dis au bon Dieu, mais ma prière ne

ressembla pas à celle de tous les jours.

Je fis prévenir mes parents que j'étais couchée, et quand ma mère monta, elle me trouva dans mon lit, mon chapelet à la main.

Elle comprit que je voulais garder le silence, et elle me donna un tendre bonsoir sans me faire de questions.

———

S. BARULAS, ENFANT-MARTYR

Saint Romain, diacre, était depuis quelque temps victime d'Asclépiade, préfet d'Antioche.

Cet homme cruel, ayant juré d'amener le jeune confesseur à abjurer sa foi, essayait sur lui de tous les tourments.

Efforts inutiles. Au milieu des tortures, le jeune homme s'efforçait de toucher le cœur de ses bourreaux et de les convertir.

Cependant ses forces s'épuisent, elles vont lui manquer.

« Donnons-nous un arbitre, propose-t-il au préfet. Faites venir un enfant, la vérité toute simple et toute pure sortira de sa bouche ingénue. »

Asclépiade accepte. On amène un enfant ; il se nomme Barulas, il a sept ans.

Romain lui demande :

« Est-il plus raisonnable de servir un seul Dieu que d'en adorer des milliers ? »

Barulas sourit, et au milieu d'un silence profond affirme sans hésiter :

« Il n'y a qu'un seul Dieu,

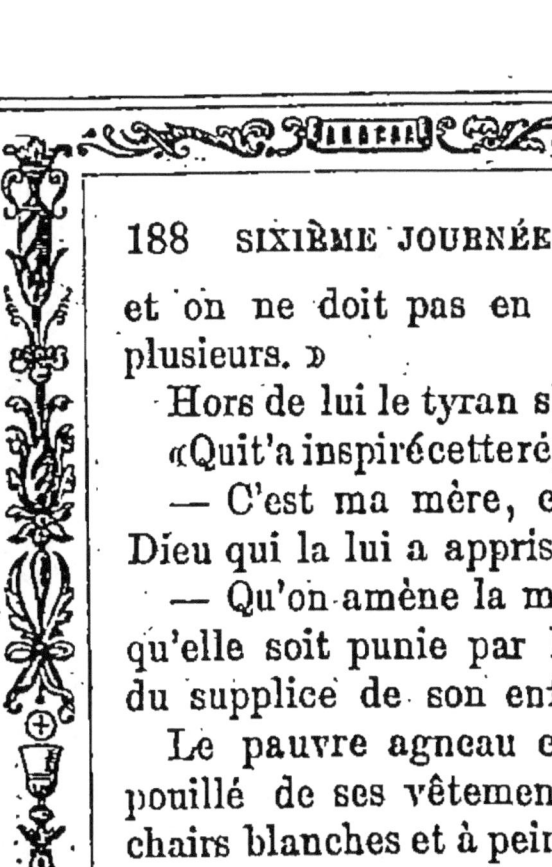

et on ne doit pas en adorer plusieurs. »

Hors de lui le tyran s'écrie : «Qui t'a inspiré cette réponse?

— C'est ma mère, et c'est Dieu qui la lui a apprise.

— Qu'on amène la mère, et qu'elle soit punie par la vue du supplice de son enfant. »

Le pauvre agneau est dépouillé de ses vêtements, ses chairs blanches et à peine formées sont déchirées à coups de fouet, la terre est rougie de son sang.

A cet affreux spectacle les plus endurcis sont émus. La mère seule fait preuve d'un courage surhumain.

« O mon très doux enfant, ô ma vie, il dépend de toi de donner à ta mère une abondante moisson de gloire! »

Le paurve petit se soutient à peine, jette un cri, et demande à boire. Elle l'exhorte encore :

« Ne crains rien, mon bien-aimé, bientôt tu boiras à la source d'eau vive qui jaillit jusqu'à la vie éternelle. »

Le juge, courroucé, sent qu'il n'est pas le plus fort, malgré le pouvoir dont il dispose.

Il fait rejeter Romain et l'enfant en prison ; mais c'est pour leur laisser reprendre les forces nécessaires pour souffrir davantage.

Les voici de nouveau face à face dans l'arène ; l'héroïque mère apporte elle-même son fils dans ses bras, elle le baise tendrement.

« Adieu, très doux fils, adieu ! que n'ai-je, comme la

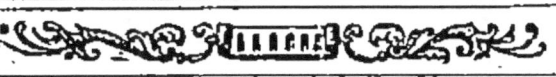
mère des Machabées, six autres enfants à offrir au Seigneur ! »

Et elle entame le cantique de David : *Celui-ci, ô mon Dieu, est votre serviteur et le fils de votre servante !...* pendant que l'exécuteur plonge son glaive dans ce cœur innocent.

Peu après c'est le tour de Romain.

Le bûcher, impuissant à le consumer, s'éteint de lui-même. On lui arrache la langue, et il continue dans un merveilleux discours à proclamer la doctrine du Christ, jusqu'au moment où son âme, libre et joyeuse, s'envole pour prendre place dans la glorieuse phalange des confesseurs de la foi.

Enfants qui lirez ces lignes, vous ne serez sans doute ja-

mais appelés à subir de semblables épreuves. Mais quand
vous serez assaillis par la tentation du plaisir, quand le
lâche respect humain voudra
fermer vos lèvres, souvenez-
vous du courage du petit Barulas. Sachez préférer la gloire
de Dieu et le salut de vos âmes
à toutes les joies passagères.

Et vous, mères, parlez à vos
enfants le même langage sublime que cette mère vraiment chrétienne. Vos enfants
sont au Seigneur avant d'être
à vous, n'oubliez pas que vous
devez les lui rendre un jour.

SEPTIÈME JOURNÉE
TROISIÈME JOUR DE LA RETRAITE

—✻—

LE MATIN

Voici notre dernière journée de retraite. Quand le soleil se lèvera demain, il éclairera nos toilettes blanches; mais le soleil de justice pénétrera-t-il au fond de cœurs vraiment purs?

C'est là la question terrible qui va jeter un voile de tristesse sur cette journée, consacrée à l'examen de notre vie et à l'aveu de nos fautes. Si nous ne nous connaissions pas nous-même? et si de cette ignorance résultait une contrition imparfaite? je frémis à cette pensée.

Malgré la joie ineffable que j'espère goûter demain et que j'attends depuis si longtemps, je crois que j'aimerais mieux me cacher dans un coin obscur de l'église, disparaître aux yeux de tous, plutôt que de *manger le corps du Sauveur indignement et pour ma condamnation.*

Je me suis levée de bonne heure; tout le monde dormait encore. J'ai prié longtemps, suppliant le Seigneur de me faire voir clairement mes péchés et de m'envoyer un vrai repentir.

Quand il m'arrive de chagriner mes chers parents, je ne puis jouir d'un instant de repos jusqu'à ce que j'aie mérité et obtenu leur pardon.

Comment ma douleur serait-

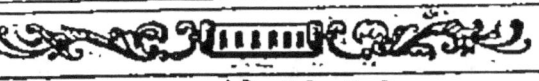

elle moins profonde, à la vue des offenses nombreuses par lesquelles j'ai contristé le cœur de mon Dieu, qui m'a comblée de bienfaits, et à qui je dois ce père chéri qui s'est fait le protecteur de ma petite enfance, le professeur patient et tendre de mes premières études, et cette mère angélique dont le seul regard calme toutes les colères, dont le sourire désarme les résistances et fait renaître la bonne volonté?

Oh! si nous comprenions bien ce que Dieu veut de nous, la paix régnerait dans toutes les familles, le nom du Seigneur serait glorifié, la terre redeviendrait un paradis!...

Dans le grand silence qui m'environnait, j'ai commencé mon examen de conscience.

Assise près de ma fenêtre, sous ce beau ciel bleu si pur et inondé de clarté, il me semblait recevoir directement les lumières dont j'ai besoin.

Les distractions, les pensées de la terre restaient plongées dans l'ombre, comme le jardin, dont la verdure paraissait dormir encore. Je m'aidai de mon manuel, puis je fis une nouvelle revue de toute ma vie, notant par écrit les points que je craignais de n'avoir pas accusés assez clairement à ma confession générale.

Quand j'eus fini, je pris mon *Imitation*, et l'ouvrant au hasard, je priai Dieu de mettre sous mes yeux des paroles capables de me faire du bien, en me révélant ses intentions miséricordieuses.

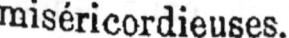

Je tombai sur ce passage :

Écoutons les paroles de l'Écriture. Je promets, dit le Seigneur, que moi, qui ne veux pas la mort du pécheur, mais plutôt qu'il se convertisse et qu'il vive, je ne me souviendrai plus de ses péchés, et qu'ils lui seront tous pardonnés [1].

Je restai toute saisie. Il me sembla que le doigt divin venait d'ouvrir ces pages et de se poser sur ces lignes si consolantes, et mon cœur se sentit tout à coup rempli d'une joie profonde qui n'excluait cependant pas un regret sincère.

Je ne doutais pas que le Seigneur n'eût choisi ce moyen de me promettre son pardon, et je demeurai quelque temps absorbée dans cette pensée.

[1] *Ecclésiaste.*

Quand je me relevai, la prairie était inondée de soleil, et les fleurs étincelantes de rosée semblaient couvertes de diamants !

C'était ainsi sans doute que la grâce de Dieu était descendue sur moi pour m'éclairer...

Lorsque l'heure de partir fut arrivée, j'allai chercher maman et mon frère. En passant, je vis la porte de grand-père ouverte ; sa chambre était vide. J'avais donc tout lieu de croire qu'il nous avait devancés à l'église, et je me promis de résister à la tentation de le chercher du regard.

C'était bien peu de chose à offrir à Dieu, mais je savais que les moindres sacrifices faits en vue de lui plaire touchent son cœur paternel. Après

quelques instants de recueillement, je levai les yeux sur
l'autel, et je vis à l'entrée du
chœur un grand crucifix.

Le prédicateur était déjà en
chaire; on nous fit asseoir, et
alors commença entre la sainte
Image et le Père, qui parlait
en notre nom, un dialogue si
touchant, qu'on vit aussitôt les
têtes les plus légères devenir
attentives, et peu à peu tous
les yeux se mouiller.

« Divin Sauveur, disait-il,
vous qui êtes là depuis dix-
huit siècles, attaché par trois
clous à cet instrument de tor-
ture, dites-nous pourquoi vous
avez livré vos pieds et vos
mains aux bourreaux ? Ces
pieds sacrés que votre sainte
Mère réchauffait à la crèche,
et qui vous ont ensuite porté

par tous les chemins de la Judée vers les malades, les infirmes et les désespérés ?... Ces mains divines, baisées par les bergers et les mages, qui ont travaillé avec Joseph, aidé Marie dans l'humble maison de Nazareth, et dont l'imposition essuyait toutes les larmes et ressuscitait les morts ?

— Mon enfant, mes pieds sont fixés à jamais, pour apprendre aux tiens à ne pas s'égarer dans la voie du mal.

« Mes bras sont étendus, mes mains ouvertes, pour te prouver que j'attends sans me lasser le jour où le pécheur veut revenir à moi.

« Ces larges plaies que tu contemples, ce sont tes désobéissances, tes violences, ta

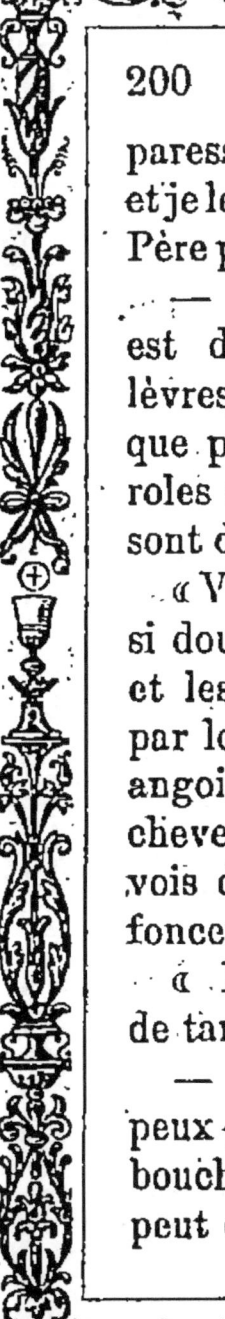

paresse qui me les ont faites, et je les montre sans cesse à mon Père pour qu'il te pardonne.

— Seigneur, votre visage est défiguré, sanglant. Vos lèvres, qui ne s'ouvraient jadis que pour laisser passer des paroles de consolation et de vie, sont déchirées !...

« Vos yeux, dont les regards si doux attiraient les enfants et les pauvres, sont obscurcis par les larmes. La sueur d'une angoisse mortelle a collé vos cheveux sur vos tempes, et je vois des épines acérées s'enfoncer dans votre front.

« Hélas ! suis-je la cause de tant de tortures ?

— Pauvre âme légère, peux-tu en douter ? Quelle bouche, si ce n'est la mienne, peut expier tes paroles de co-

lère, tes discours sans charité, tes mensonges, tes manques de respect! Si je ne livre pas mon front à ce diadème de douleur, si més yeux ne laissent pas couler toutes leurs larmes, qui te délivrera de tes péchés d'orgueil, de tes mauvaises pensées, de tes curiosités coupables? Regarde, enfant : pas un de mes membres n'a été épargné.

« J'ai voué mon corps tout entier à l'expiation et à l'opprobre, afin que tu puisses revêtir demain la robe nuptiale et te présenter toute blanche de pureté au festin des élus.

« Pleure tes fautes, enfant! Il me faut tes larmes mêlées aux miennes pour attendrir le souverain Juge, et si la vue de

mon corps brisé ne suffit pas
à t'attendrir, voici mon cœur
ouvert par la lance du soldat :
viens y chercher et la contrition qui purifie, et le germe
du divin amour qui te sera
révélé demain dans toute sa
plénitude. »

Je ne sais ce qu'éprouvaient
mes compagnes ; j'entendais
autour de moi bien des soupirs
étouffés ; mais je ne pensais
guère à m'en occuper, tant
mon émotion était grande.

Il me semblait être au sommet du Calvaire avec les
saintes femmes.

J'entendais la voix de mon
Sauveur, je ressentais chacune
de ses douleurs, et en même
temps je voyais clairement
toutes mes fautes, ces taches
innombrables, graves ou lé-

gères, qu'il était venu laver dans son sang.

Oh! avec quelle sincérité j'aurais à ce moment juré devant tous, la main posée sur la croix, de lui être à jamais fidèle!

Est-il donc possible de pécher encore quand on a entendu ces plaintes touchantes, cet appel si tendre de son Dieu? Je ne sais si le prédicateur parlait encore, mais j'écoutais toujours au dedans de moi le divin langage, et sans m'apercevoir des larmes que je répandais, je répétais sans cesse :

« Mon Dieu, pardonnez-moi! J'ai horreur du péché qui vous a fait tant souffrir! Préservez-moi désormais du malheur de vous offenser. »

Je n'eus pas d'autre intention pendant la sainte messe
qui suivit.

Je ne sais trop comment je
rentrai ensuite à la maison.
Je n'avais plus qu'un désir :
recevoir l'absolution, être dé-
livrée du fardeau de mes
fautes. Je me trouvais si in-
grate! si coupable! Tout ce qui
m'entourait, ce bien-être, ces
affections si tendres, toutes ces
preuves évidentes de la bonté
de Dieu à mon égard, m'apparaissaient sous un jour nouveau. Les appréciant mieux que
je ne l'avais fait encore, je ne
m'en trouvais que plus indigne.

Ce sentiment s'empara de
moi avec une telle force, qu'il
fit taire toute autre préoccu-
pation.

Je ne consentis à aller au

jardin avec mon frère qu'à la condition de garder le silence et de dire notre chapelet en méditant sur les mystères de la flagellation et du crucifiement, afin d'avoir sans cesse sous mes yeux les plaies du divin Martyr.

Un peu avant de retourner à l'église, je m'enfermai dans ma chambre pour repasser encore mon examen de conscience et achever de l'écrire.

La pensée d'un oubli me causait un tel effroi !

LE SOIR

Notre dernière réunion de retraite a commencé par des exercices suivis de recommandations relatives à la grande journée de demain.

Puis le moment des confessions étant venu, nous nous sommes tous groupés autour de nos directeurs respectifs.

Oh! comme le cœur me battait! Je m'étais pourtant approchée bien des fois du tribunal de la pénitence, mais jamais je n'avais éprouvé une émotion pareille. Il me semblait que cette confession allait être décisive et qu'elle influerait sur ma vie entière.

Aussi avec quelle sincérité scrupuleuse je m'accusai, et avec quelle reconnaissance j'entendis le prêtre prononcer la formule de l'absolution!

Je sentis réellement la grâce divine et le pardon de mon Sauveur descendre sur moi, et dans la crainte d'en être comme transfigurée, j'allai ca-

cher ma joie mêlée de repentir dans l'ombre d'une petite
chapelle.

Oh! les bons moments que
j'ai passés là dans les bras de
Celui qui était venu au-devant
de moi pour m'absoudre !
Comme je m'y sentais reposée
et en sécurité! Les dangers
de ce monde me paraissaient
pour toujours écartés. Et
maintenant que je repasse tous
ces souvenirs, je puis dire que
jamais je ne me suis confessée
depuis sans me rappeler la
douceur de cette absolution.

Le bruit du *signal* me tira
de l'espèce d'extase dans laquelle j'étais plongée; je rega-
gnai ma place.

Le prédicateur nous attendait, et les premières paroles
qu'il nous adressa se trou-

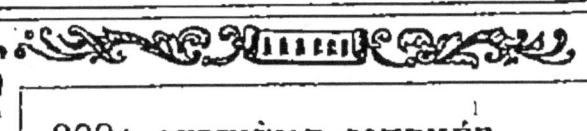

vèrent en complète harmonie
avec les pensées qui m'occu-
paient.

« Heureux enfants ! disait-il
en nous regardant d'un œil
attendri.

« Vous venez de retrouver
la grâce de votre baptême ! la
cour céleste vous contemple,
votre ange gardien vous couvre
de ses ailes. La Vierge Marie
vous sourit comme à ses enfants bien-aimés, vous êtes
purs devant votre Père céleste.

« Rien ne devrait manquer
à ce premier bonheur qui vous
prépare à une union ineffable,
et pourtant il n'est pas com-
plet. Ne le devinez-vous pas ?
Votre cœur ne sent-il pas le
besoin d'un autre pardon ? Ce
père, cette mère que Dieu vous

a donnés sur la terre, et qui ont été les gardiens de votre première enfance, ne les avez-vous jamais contristés? N'avez-vous pas fait couler leurs larmes? et pourriez-vous goûter une joie sans mélange si de leurs lèvres ne tombait sur vous une parole de bénédiction?

« Allez, mes enfants! allez à ceux qui vous ont reçus comme un dépôt sacré et qui demain vont vous rendre à Dieu.

« Jamais vous ne pourrez leur témoigner trop de reconnaissance! Faites-leur oublier en un instant les chagrins que vous avez pu leur causer : le cœur des parents est fait sur le modèle du cœur de Dieu.

« C'est un abîme de miséricorde.

« Allez vous y plonger. Le Seigneur n'attend que cela pour vous trouver tout à fait dignes de lui. »

Ah! quelle hâte j'éprouvais de rentrer à la maison! Je ne quittai pourtant ma place qu'après m'être anéantie devant le Tabernacle.

A demain, mon Dieu! disais-je, et ce mot résumait tout ce que j'avais dans l'âme...

... Mon cher papa n'était pas encore rentré ; grand-papa, que j'avais cru apercevoir à l'église, était encore absent lui aussi.

Je demandai à ma mère chérie, qui me comprit à demi-mot, de vouloir bien les réunir avant l'heure du dîner, et je montai chez moi, où je lus à plusieurs reprises ce passage

du IVe chapitre du IVe livre de l'*Imitation :*

Seigneur, je m'approche de vous dans la simplicité de mon cœur, avec une foi ferme et sincère pour vous obéir. J'y viens avec espérance et respect, et je crois véritablement que vous êtes présent dans ce sacrement comme Dieu et comme homme.

C'était vraiment là la profession de foi que Dieu attendait de moi, et ces paroles m'inspirèrent une foule de sentiments d'espérance et d'amour.

Un peu avant sept heures je descendis, et ayant ouvert la porte du salon, je vis mes parents réunis, et dans un coin, le groupe de mes frères et sœurs.

Je m'avançai lentement et me mis à genoux :

« Papa, maman, et vous,

bon grand-père, recevez avec bonté votre petite enfant!

« Si je vous ai quelquefois causé de la peine, je n'ai du moins jamais cessé de vous respecter et de vous aimer. Pardonnez-moi toutes mes fautes et donnez-moi votre bénédiction, afin que je sois digne demain de me présenter devant le bon Dieu! »

Tous trois s'approchèrent, et trop émus sans doute pour parler, ils posèrent leurs mains sur ma tête. Je levai les yeux : quelle expression d'amour je lus dans leurs regards! Il me sembla que je comprenais pour la première fois l'étendue de leur tendresse!...

Je les embrassai avec des larmes de joie, et je restai longtemps appuyée sur la poi-

trine de mon père chéri, mon
protecteur si doux et si fort;
puis j'appelai les pauvres
petits, qui étaient blottis les
uns contre les autres et un
peu effrayés, et je leur promis
d'être toujours bonne.

L'émotion première était
passée, mais une autre bien
plus grande nous attendait.
Grand-père, s'étant levé de
nouveau, fit sortir les enfants,
ne gardant que Jean, qu'il
plaça près de moi.

Puis, se tenant debout, il
parla d'une voix émue :

« Mes amis, vous venez de
bénir une enfant innocente;
maintenant c'est un vieillard
longtemps égaré, dont la foi
était morte, qui vient vous
demander pardon de sa longue
vie d'indifférence. Dans sa

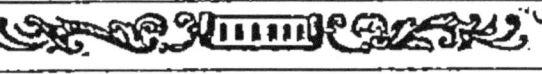

bonté, Dieu a permis que mon exemple ne vous fût pas fatal. En vous conservant parfaits chrétiens, il m'a épargné des remords bien amers!

« Aujourd'hui le divin Maître a accueilli l'*ouvrier de la dernière heure*; la grâce de l'absolution est descendue sur moi en même temps que sur votre petite Madeleine; demain, par une faveur dont je suis bien indigne, je m'approcherai avec elle et vous de la Table sainte. »

Il s'interrompit, vaincu par son trouble, et du reste nous ne l'entendions plus.

Papa et maman, pleurant de joie, le serraient dans leurs bras; Jean et moi nous nous étions emparés de ses mains, que nous baisions. Quel moment d'indicible bonheur!

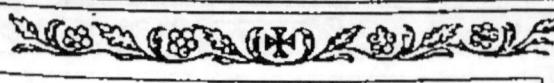

Tout à coup il se dégagea en m'attirant à lui :

« Voilà l'apôtre, le missionnaire qui m'a converti ! Quand cette enfant, inspirée par Dieu, a eu le courage de venir me chercher, sa ressemblance avec ma mère m'a frappé ! Il m'a semblé que la chère absente revivait en elle et m'appelait par sa voix ; et quand ses larmes ont coulé, quand une ardente prière s'est échappée de ses lèvres, j'ai été vaincu ! »...

... Les paroles me manquent pour raconter ce que fut cette soirée. Ceux qui s'aiment en Dieu peuvent seuls le comprendre.

Quand la nuit vint, nous étions tous sur la terrasse ; la joie qui remplissait nos cœurs était de celles qui ne s'épanchent pas au dehors.

Ce silence presque religieux était plus éloquent que tous les discours.

Une à une les constellations apparaissaient dans le ciel sombre. Il semblait qu'il s'y préparât une grande fête, *la fête de demain!*

« Si nous faisions tous ensemble notre prière? m'écriai-je tout à coup.

« Ici même, sous la voûte céleste, c'est le temple que grand-père aime!

— Surtout, ma fille bien-aimée, depuis que tu m'as appris à y adorer Dieu! »

Le cher vieillard, s'appuyant sur moi, voulut s'agenouiller. Tous l'imitèrent.

« Notre Père, qui êtes aux cieux..., » commença-t-il.

Dans le calme du soir, nos voix

d'enfant lui répondirent, et un cantique d'amour monta de nos cœurs vers le trône du Tout-Puissant!

C'est demain!

SAINTE IMELDA

PATRONNE DES ENFANTS
DE LA PREMIÈRE COMMUNION

A la veille du grand jour de la première communion, il n'est pas de lecture mieux appropriée et plus édifiante que celle de la vie de Madeleine Lambertini, qui naquit à Bologne en, 1321, d'une illustre famille.

Ses yeux s'ouvraient à peine à la lumière, sa langue n'était pas encore déliée, lorsque ses parents constatèrent avec étonnement qu'aux seuls noms de

Jésus et de Marie ses larmes d'enfant cessaient de couler et que ses douleurs semblaient calmées.

Plus tard on la vit dédaigner les jeux et les plaisirs de son âge pour se retirer dans un petit oratoire qu'elle avait orné de ses mains, et où elle restait longtemps en prières.

Indifférente au luxe qui l'entourait, elle semblait n'y attacher aucun prix; elle ne songeait qu'à se dépouiller de toute parure dans un cloître; et ce désir devint tellement manifeste, que sa famille ne résista pas à ce qui semblait vraiment être l'appel de Dieu.

Lorsque sa dixième année fut accomplie, la petite fille fut conduite à Voldipietra, dans un couvent habité par de

saintes femmes qui vivaient sous la règle de saint Augustin et de saint Dominique.

Elle reçut l'habit monastique, avec la permission de le porter jusqu'au moment où elle atteindrait l'âge marqué pour les vœux solennels; puis elle échangea son nom de Madeleine contre celui d'*Imelda*.

En peu de temps elle devint l'édification du couvent. Les plus anciennes religieuses la regardaient comme leur modèle.

Nulle n'était plus soumise, plus exacte à ses devoirs; la rigueur des pénitences qu'elle s'imposait était capable de ranimer le zèle des plus tièdes; mais toutes ces vertus étaient surpassées par l'amour si touchant qu'elle professait pour

le saint Sacrement de l'autel. Elle aurait volontiers passé ses jours et ses nuits devant le Tabernacle, oubliant le moment des repas et l'heure du sommeil.

Quand elle assistait au saint sacrifice, et surtout au moment de la consécration et de la communion, son cœur semblait vouloir briser sa faible poitrine pour s'élancer au-devant du divin Époux; et quand elle se voyait seule sur son banc, privée de la manne céleste, ses larmes coulaient en abondance.

« Oh! je vous en prie, disait-elle à ses compagnes, dites-moi, dites-moi comment on peut recevoir Jésus dans son cœur et ne pas mourir. »

Malgré sa ferveur, la supérieure du couvent ne crut pas devoir abréger son attente.

L'âge fixé pour la première communion était quatorze ans, et Imelda n'en avait que onze.

Désolée, mais non découragée, elle renouvela ses tentatives lorsque arriva la belle fête de l'Ascension ; mais son confesseur fut inexorable.

Dieu permettait sans doute cette résistance pour rendre plus éclatant le miracle dont il voulait favoriser la sainte enfant...

Le jour de la fête se lève, les cloches sonnent à toute volée, les religieuses se rendent à la chapelle, la sainte messe commence.

Imelda pleure doucement, unissant son sacrifice à celui

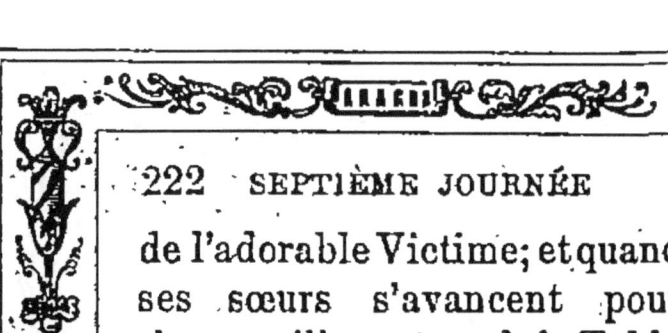

de l'adorable Victime; et quand ses sœurs s'avancent pour s'agenouiller autour de la Table sainte, elle reste seule, dans le bas du chœur.

« O mon Jésus! soupire-t-elle, vous voulez donc que votre petite servante soit consumée par l'ardeur de ses désirs!

« Est-ce parce que je ne suis qu'une enfant que vous vous refusez à moi? Pourtant vous avez dit à vos Apôtres : Laissez venir à moi les petits enfants! Oh! je vous en conjure, donnez-moi une seule miette de ce pain de vie, ou laissez-moi mourir, car je ne puis plus vivre sans vous! »

Il était impossible que le divin Époux résistât à une voix si pure, à un appel si touchant. Tandis que la pieuse enfant

priait et pleurait, une hostie, s'échappant miraculeusement du ciboire, s'éleva dans les airs et vint se poser au-dessus de la tête d'Imelda, qui la contemplait en extase.

Les sœurs, témoins de ce miracle, hésitaient à en croire leurs yeux. Cependant elles avertissent le prêtre, qui s'approche avec une patène. Aussitôt l'hostie vient s'y poser d'elle-même; la volonté de Dieu était manifeste.

Alors le célébrant prend avec respect le pain miraculeux et communie la bienheureuse enfant.

Le Seigneur lui-même avait fait faire à Imelda sa première communion!...

Le temps s'écoulait, l'office était fini.

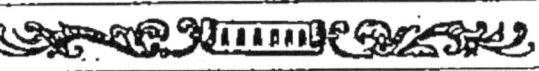

Affaissée sur elle-même, les mains croisées sur sa poitrine, les yeux fermés, elle semblait privée de sentiment. Mais le sourire radieux qui flottait sur ses lèvres attestait le bonheur dont elle jouissait.

On l'entendait tout bas murmurer les paroles du Cantique :

« Mon bien-aimé est à moi, et je suis à lui !

« Il m'a introduite dans ses celliers ; il m'a enivrée de son amour... J'ai trouvé celui que mon cœur aime, je le tiens, je ne le laisserai pas aller !... »

Les sœurs l'admiraient en silence, n'osant troubler son ravissement. Cependant, la voyant toujours prosternée, elles commencent à ressentir une vive inquiétude. On l'ap-

pelle, on la prie, on lui commande même de se lever. Mais Imelda, ce modèle d'obéissance, ne répond pas. On la relève, elle était morte!

Morte à onze ans! Morte d'amour pour son Dieu, et au moment même où il s'approchait d'elle pour la première fois!

Oh! bienheureuse Imelda! petite sœur des anges! protégez tous les enfants qui doivent recevoir la sainte Eucharistie! Envoyez-leur du haut du ciel un rayon de l'amour qui embrasa et consuma votre cœur innocent!...

Préservez-les du malheur de communier avec indifférence et d'être privés ainsi des plus douces joies de leur vie! Enfin, obtenez-leur la persévérance dans la foi et la vertu!

LE
GRAND JOUR

Je me suis éveillée au bruit des cloches et sous l'impression d'un bonheur profond.

Mais je n'osais pas ouvrir les yeux : déjà tant de fois en rêve j'avais cru voir l'aurore du jour tant désiré !

Et pourtant cette belle et joyeuse sonnerie ne pouvait me laisser de doute.

Oui, c'était bien la fête de l'Eucharistie, la grande joie descendue du ciel sur la terre, la communion des âmes, que célébraient ce concert aérien, ces notes éclatantes qui semblaient se répondre d'une église à l'autre.

Il y avait des sons graves, d'autres clairs et argentins; n'étions-nous pas, en effet, jeunes et vieux, conviés à la même Table?

Oh! non, ce n'était pas un songe, c'était bien le jour béni où Jésus m'attendait, et où j'allais me présenter à lui accompagnée de tous mes chers parents.

A cette pensée je me mis à pleurer, mais quelles douces larmes!

« Mon Dieu, mon Dieu! disais-je, je n'ai pas fait assez pour mériter cela! Acceptez-moi telle que je suis, sans mérites, mais pleine de reconnaissance, et je vous promets d'être à vous pour toujours! »

Je me levai sous l'empire

de sentiments que je ne puis rendre, et j'ouvris ma fenêtre.

J'avais besoin de remercier ce beau soleil et toute cette nature radieuse qui, en prêtant son concours, rendait plus belle encore cette journée d'élection.

Quand ma chère maman entra dans ma chambre, elle me trouva terminant une longue et bonne prière. Je me jetai dans ses bras, et sans qu'il nous fût possible d'échanger une seule parole, pendant quelques instants nos cœurs et nos pensées se confondirent.

Je me laissai habiller les yeux fermés. Je ne voulais rien voir, rien remarquer; je désirais apporter au bon Dieu un esprit occupé de Lui seul et libre de tout souci matériel. Je ne pensai qu'à un seul détail, je de-

mandai à être complètement enveloppée de mon voile.

Au salon papa et grand-père nous attendaient. J'allai les embrasser.

« Bénissez-moi encore, » leur dis-je tout émue.

Mon cher petit Jean me prit à part :

« Madeleine, il y a le *baptême de désir*, et ce doit être la même chose pour la sainte Communion. Crois-tu que si j'appelle Notre-Seigneur de toutes mes forces, il vienne en moi ? »

Le pauvre enfant était tout pâle, et son regard était si profond ! Que n'aurais-je pas donné pour qu'il fût des nôtres ! Avec un élan de foi sincère, je m'écriai :

« Sois sûr, mon chéri, que le bon Dieu descendra dans

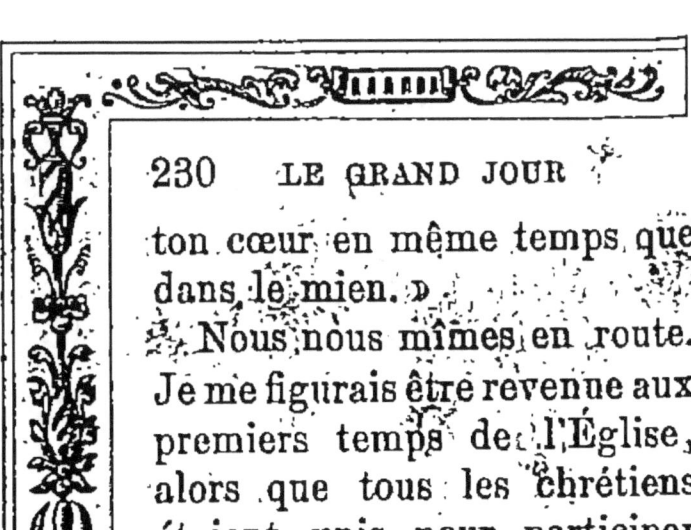

ton cœur en même temps que dans le mien. »

Nous nous mîmes en route. Je me figurais être revenue aux premiers temps de l'Église, alors que tous les chrétiens étaient unis pour participer aux divins mystères, et je faisais des vœux pour que la même grâce fût accordée à toutes les familles.

Que cela doit être triste de se sentir isolé en un pareil jour ! Si tous les enfants comprenaient le bonheur suprême de l'union en Dieu, ils ne négligeraient aucun effort pour ramener à la religion ceux qu'ils aiment et qui ont le malheur d'en être éloignés.

Quand j'entrai dans l'église, j'eus comme un éblouissement. Le chœur, tout orné de fleurs

et de verdure, étincelait de lumières qui le faisaient ressembler au *buisson ardent* dont
parle l'Écriture ; les piliers
étaient reliés par des guir-
landes, au-dessus desquelles
des bannières s'agitaient doucement, et au milieu de la nef
il y avait un ondoiement de
blanches mousselines qui flot-
taient comme des ailes d'anges.

C'est le paradis, pensais-je
toute transportée en prenant
de l'eau bénite et en priant
Dieu de me purifier encore ; et
je me hâtai de gagner ma place.

. . . .

La sainte Messe commença.
Comment rendre ici mon
émotion croissante, surtout à
partir du moment où, ayant vu
la sainte Hostie s'élever vers le
ciel entre les mains du prêtre,

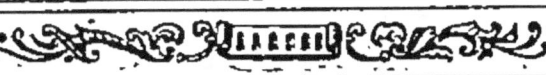

je me prosternai, perdue,
anéantie, dans un sentiment
d'adoration infinie. C'était vraiment mon Seigneur et mon
Dieu que j'avais là près de
moi, et la certitude de ma
petitesse, de mon néant, me
comblait d'une joie immense.

J'aurais voulu m'abaisser
encore davantage, et en même
temps j'étais transportée par
la pensée suivante :

Tout à l'heure de ce rien, de
cette pauvre petite créature
infime, Jésus va faire un autre
lui-même!...

C'était notre cher et vénéré
curé qui disait la messe. Après
l'*Agnus Dei*, il se retourna
vers nous; ses beaux cheveux
blancs, dorés par la lueur des
cierges, lui faisaient comme
une auréole. Il nous contempla

un instant de son beau regard visiblement ému, puis il parla.

Ce ne fut pas un discours, — oh ! non, je n'aurais pas été capable de le suivre, — mais quelques paroles d'amour que nous écoutâmes à genoux, et qui, sans nous distraire de l'émotion de cette attente suprême, semblaient être l'écho des battements de nos cœurs.

Ne craignez rien, c'est moi (Matth. xiv, 27), nous disait-il de la part du Sauveur.

Et toute crainte était bannie, une immense confiance nous remplissait l'âme, nous jetait dans les bras de Celui qui est ici-bas l'ami des enfants et des humbles !...

Écoute-moi, ma fille, et ne va plus glaner dans un autre champ. (Ruth ii ; 8.)

Oh! comme je l'aimais ce sillon divin où mûrit l'Épi sacré, où nous allions entrer pour recueillir la céleste manne! Avec quelle foi sincère je promettais au Maître de ne plus déserter le travail, d'être fidèle à l'heure de la moisson! Puis, avec notre pasteur, nous prononcions les paroles du Psaume:

Comme le cerf altéré soupire après l'eau des fontaines, ainsi mon cœur soupire après vous, ô mon Dieu! (Ps. XLI.)

Oui, c'était bien là le cri de nos âmes depuis si longtemps désireuses de boire à la source de vie; et enfin le dernier appel de l'Époux du Cantique des Cantiques:

Lève-toi, ma bien-aimée, le temps de l'hiver est passé; les fleurs reparaissent sur la terre,

la voix de la tourterelle s'est fait entendre; tu es toute belle, et il n'y pas de tache en toi. Viens, ô ma colombe, t'abriter dans le creux du rocher.

« Je viens, Seigneur Jésus, je viens! » . . . .

. . . .

Il est des bonheurs si grands, si intenses, que vouloir les décrire semble presque une profanation.

Le ciel s'était ouvert, rien n'existait plus pour moi. J'avais pressenti une félicité inéfable; mais celle que je goûtais dépassait toutes mes espérances. J'étais comme immobilisée, et quand le signal nous ordonna de nous asseoir, je m'aperçus seulement que mon voile était trempé de larmes

que je n'avais pas senti couler.
J'allais refermer les yeux pour
retrouver cette douce extase,
lorsqu'une sorte d'intuition venant de mon bon ange sans
doute, attira mes regards vers
le sanctuaire.

Au milieu des fidèles qui s'y
agenouillaient à leur tour, j'a-
perçus mon père, ma mère et
mon grand-père. Et il me sembla que ma joie s'augmentait
encore.

Ainsi nous étions intimement
et inséparablement unis dans
le cœur de Jésus, ou plutôt
nous n'avions plus qu'un seul
cœur pour jouir ou pour souffrir dans la joie ou dans la peine.

Notre retour fut joyeux et
recueilli en même temps. Nous
avions comme une sorte de

crainte de troubler notre bonheur.

Mais dès que nous fûmes à
la maison, quels bons baisers !
quelles douces étreintes ! Mes
bons parents ne se lassaient
pas de me regarder avec des
yeux tout pleins de larmes.
Bon papa semblait rajeuni de
dix ans.

« Tu as fait un miracle, petite Madeleine, » disait-il en
me présentant le portrait de sa
mère, qu'il avait emporté à l'é-
glise caché dans sa poitrine.
« Regarde : l'expression de ce
cher visage est devenue radieuse. »

Et c'était vrai, l'aïeule semblait sourire. Peut-être aussi
la regardions-nous à travers le
prisme du bonheur ?

Je baisai la chère image.

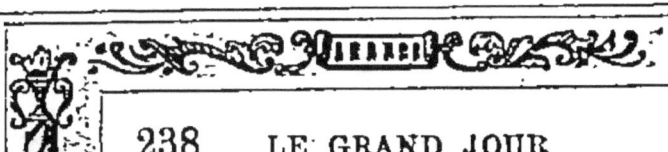

« C'est Dieu qui a tout fait, grand-père, et ce sont les prières de cette chère sainte qui ont touché son cœur. »

Mon Jean attendait son tour, environné de nos bébés chéris, qui me contemplaient avec des regards étonnés et un peu craintifs. Jamais ils n'avaient vu leur grande sœur sous cet aspect. Je les serrai dans mes bras et leur distribuai des petites médailles qui firent éclater leur joie et délièrent leurs langues!

J'avais gardé mon frère pour le dernier, afin de l'embrasser plus longtemps.

« Dans un an, Madeleine! » dit-il tout bas.

Puis me montrant mon *Manuel de retraite* :

« Et voilà le souvenir que je te demande; il m'aidera à me

préparer aussi bien que toi. »

A ce moment j'aperçus dans l'antichambre tous nos braves serviteurs ; à leur tête était notre bonne vieille Julie, qui avait vu naître maman, et qui nous a tous élevés. Je courus me jeter dans ses bras. La chère créature suffoquait.

« Oh! ma fille, ma fille chérie, que Dieu soit béni de m'avoir fait vivre jusqu'à ce jour!

— Jusqu'à ce jour? ma bonne, mais c'est le premier, et tu verras tous les autres: Jean, Odette, Gaston, Lili et même petit Loulou. Est-ce que nous pourrions être heureux sans toi? »

Les petits m'avaient suivie, et ils sautaient autour d'elle, s'accrochant à ses jupes et criant : « Bonne amie chérie! » et elle riait, la chère âme! En

admirant sa couvée; et en même
temps de bonnes grosses larmes
de joie coulaient sur ses joues
ridées.

Chère vieille amie dévouée,
gardienne des traditions et des
souvenirs de famille, que Dieu
te conserve longtemps à notre
tendresse !

Pendant qu'elle les embras-
sait tous, je serrais les mains de
nos gens et je leur offrais mes
petits cadeaux. Ils me remer-
cièrent avec beaucoup de cœur;
puis soudain le vieux Jean,
poussé sans doute par le coup
de coude d'un de ses cama-
rades, fit un pas en avant :

« Nous sommes bien recon-
naissants que mademoiselle ait
pensé à nous; mais il y a quelque chose qui nous serait encore
plus précieux. Ce serait la photo-

graphie de mademoiselle en communiante, parce que nous l'avons déjà dans sa robe de baptême, et voyez-vous, quand on a vu un enfant venir au monde et qu'elle a toujours été si bonne, si douce et pas fière...

— Mon pauvre père Jean, mais c'est vous qui avez été bon et patient! M'en avez-vous passé de ces caprices, et que de fois sans vous j'aurais été grondée! Aussi soyez tranquilles, mes chers amis, si ce portrait se fait, vous aurez les premières épreuves. »

Nous déjeunâmes seuls, en famille. J'avais demandé cela comme une faveur. Je voulais jouir sans témoins de la paix profonde, du bonheur idéal qui régnaient parmi nous; bonheur qu'on ne peut goûter que quand

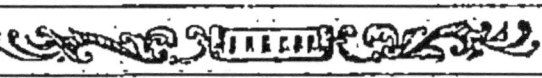

Dieu a la première place au foyer.

Après le repas, nous eûmes une bonne heure de repos à l'ombre sur la terrasse. J'aurais voulu rester ainsi jusqu'aux Vêpres, et lorsque maman commença à parler des visites à faire aux parents et aux vieux amis, mon visage exprima une véritable désolation. Mais ma mère chérie, avec un mot comme elle savait les dire, changea mes dispositions.

« Loin de moi la pensée de te dissiper, ma petite Madeleine ; mais tu as la grâce de Dieu en toi, peux-tu refuser d'aller la porter à tous ceux qui t'aiment, et que l'âge a privés du bonheur de t'accompagner ce matin ?

— Oh ! alors, partons tout

de suite, maman aimée ; seulement nous ne resterons pas trop longtemps, et vous me permettrez de ne pas parler beaucoup. »

Cette tournée, que je redoutais, se passa à merveille ; je fus très touchée de l'affection qu'on me témoigna et plus encore de la joie qui rayonnait dans les yeux de ma chère mère.

A trois heures nous étions à l'église pour les Vêpres. Dès mon arrivée je remarquai que le recueillement était moins grand qu'à la messe, et j'en fus peinée. Est-il possible de ne pas ressentir une émotion profonde en se retrouvant en face de ce tabernacle d'où le Sauveur est venu au-devant de ses enfants, et à cette place à jamais respectée, où

les délices de l'action de grâces
ont été révélées à nos âmes!
Pour moi, toute ma préoc-
cupation était de ne plus retrouver mon bonheur de la
matinée. Aussi je m'isolai
de suite; je m'absorbai en
moi-même, et j'eus la joie de
retrouver mon Jésus aussi
présent dans mon cœur qu'au
moment où la sainte Hostie
était encore sur mes lèvres.
La procession des vœux du
baptême eut lieu très solen-
nellement! En avançant à pas
lents vers les fonts baptis-
maux, je suppliais le Seigneur
de me donner la force de tenir les promesses que j'allais
lui faire, et ce fut avec une
volonté ferme et sincère que
je jurai de résister aux dangers
et aux tentations de ce monde!

Avant le salut, devait avoir
lieu la consécration à la sainte
Vierge; j'étais chargée de la
réciter, et jusqu'ici je m'étais
montrée très préoccupée de
cette mission, qui m'épouvan-
tait fort. J'ai dit déjà qu'un
de mes défauts était cette
crainte de ne pas faire les
choses assez bien, qui est une
des formes de l'amour-propre!

Mais au moment de m'avan-
cer, je vis clairement l'effet de
la présence de Notre-Seigneur
en moi. Toute timidité avait
disparu, je ne voyais que la
sainte Vierge qui me souriait
du haut de son piédestal, les
mains étendues; je ne songeais
qu'à une chose, être écoutée
par elle et comptée parmi ses
enfants. Le public, la foule,
tout avait disparu pour moi!

« Puissé-je tenir les engagements pris aujourd'hui, et me retrouver au dernier jour enfant de Dieu et enfant de Marie ! »

Autant notre repas du matin avait été intime, autant celui du soir fut nombreux. Mais notre bon curé et ses vicaires s'étaient assis à notre table, et j'aimai à me figurer que ce dîner faisait partie des cérémonies. Je voyais avec regret la fin de cette belle journée approcher, et je ne pouvais me décider à quitter le jardin où nous devisions doucement avec nos chers catéchistes, dans le calme presque religieux de cette belle soirée.

Il fallut cependant entendre

la voix de la raison, et songer au repos après tant de fatigues et d'émotions.

Quand maman m'enleva ma robe blanche, je ne pus retenir une larme. J'entourai son cou de mes bras, et le cœur tout gonflé de tristesse :

« Oh ! maman, c'est fini, je ne reverrai plus jamais cette journée !...

— Rassure-toi, enfant, fit ma bonne mère avec une caresse ; quand Jésus en ce jour a pris complètement possession d'une âme, chacune de ses visites est une nouvelle première communion.

« Il apporte avec lui les mêmes joies et les mêmes grâces. »

Ah ! la bonne prière que je fis avec cette consolante pen-

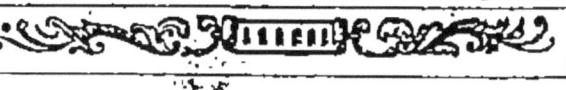

séc, et comme je m'endormis doucement!

J'étais bien lasse, mais si heureuse !

LE
LENDEMAIN DU GRAND JOUR

C'est avec un véritable chagrin que j'ouvre ce journal pour la dernière fois.

Il contient le récit naïf et sincère des plus grandes émotions de ma vie.

Si incomplet qu'il soit, je ne pourrai jamais le feuilleter sans revivre heure par heure cette bienheureuse semaine. Défaillances surmontées, efforts fructueux, grâces abondantes : autant d'échelons qui m'ont ai-

dée à parvenir au but suprême!
Il me semble que ces souvenirs pieusement conservés,
souvent revus, me feront ap-
précier plus saintement les
joies de la vie si Dieu m'en
accorde, et me rendront plus
forte pour souffrir s'il me désigne pour l'épreuve.

J'entends souvent parler de
l'inconnu de *l'avenir*, de l'effroi
qu'il cause.

Ne peut-on l'affronter sans
crainte, quand on a dans le
passé la *certitude* d'une journée comme celle d'hier?

Nous avons eu ce matin
notre messe d'action de grâces,
pendant laquelle le chant des
cantiques joyeux n'a cessé de
retentir.

Oh! comme j'aurais désiré
y communier encore! Mais je

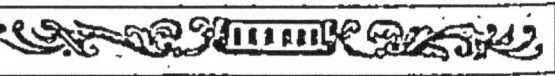

ne pouvais prétendre à une faveur spéciale, et puis M. le curé m'a promis de ne pas me faire attendre longtemps.

Après l'office on nous a réunis au presbytère pour la distribution des cachets de première communion. Ils ne sont pas tous semblables, et le mien me ravit!

Il représente le versant d'une montagne. Au sommet on aperçoit la croix.

Au milieu d'un chemin couvert d'épines et fleuri de roses, une enfant vêtue de blanc est agenouillée; son ange gardien la soutient, et Notre-Seigneur, debout devant elle, lui présente le pain de vie, le viatique sans lequel on ne peut marcher, vivre et mourir.

Toute l'existence est conte-

nue dans cette image, et puisque mon nom est inscrit au bas, je veux y voir une consolante prophétie.

Que ma vie soit parfumée de fleurs ou déchirée d'épines, j'aurai toujours près de moi Celui qui aide, fortifie et console.

Je veux faire encadrer ce souvenir, le placer près de mon lit et l'y voir jusqu'à ma dernière heure...

Nous allons partir pour la campagne; ma chère maman est très fatiguée, il paraît que je suis très pâle moi aussi.

Adieu! mon cher cahier, ou plutôt au revoir.

Garde précieusement dans tes pages la mémoire des heures bénies que je t'ai confiées.

Quand viendra le moment

du retour, ma première pensée
sera pour toi; et quel que soit
le sort que la Providence me
réserve, c'est à toi que je viendrai dire mes joies ou mes
peines comme au meilleur
des amis!

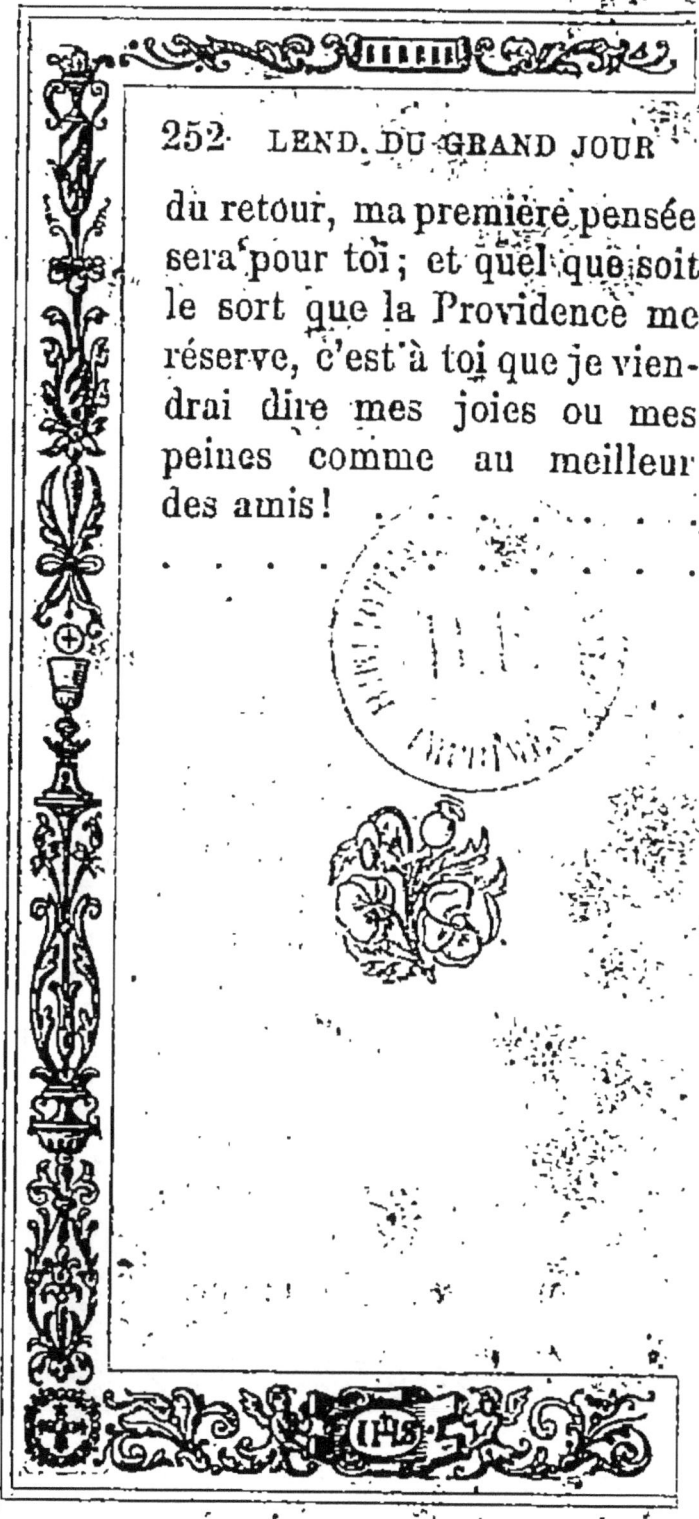

TABLE

—

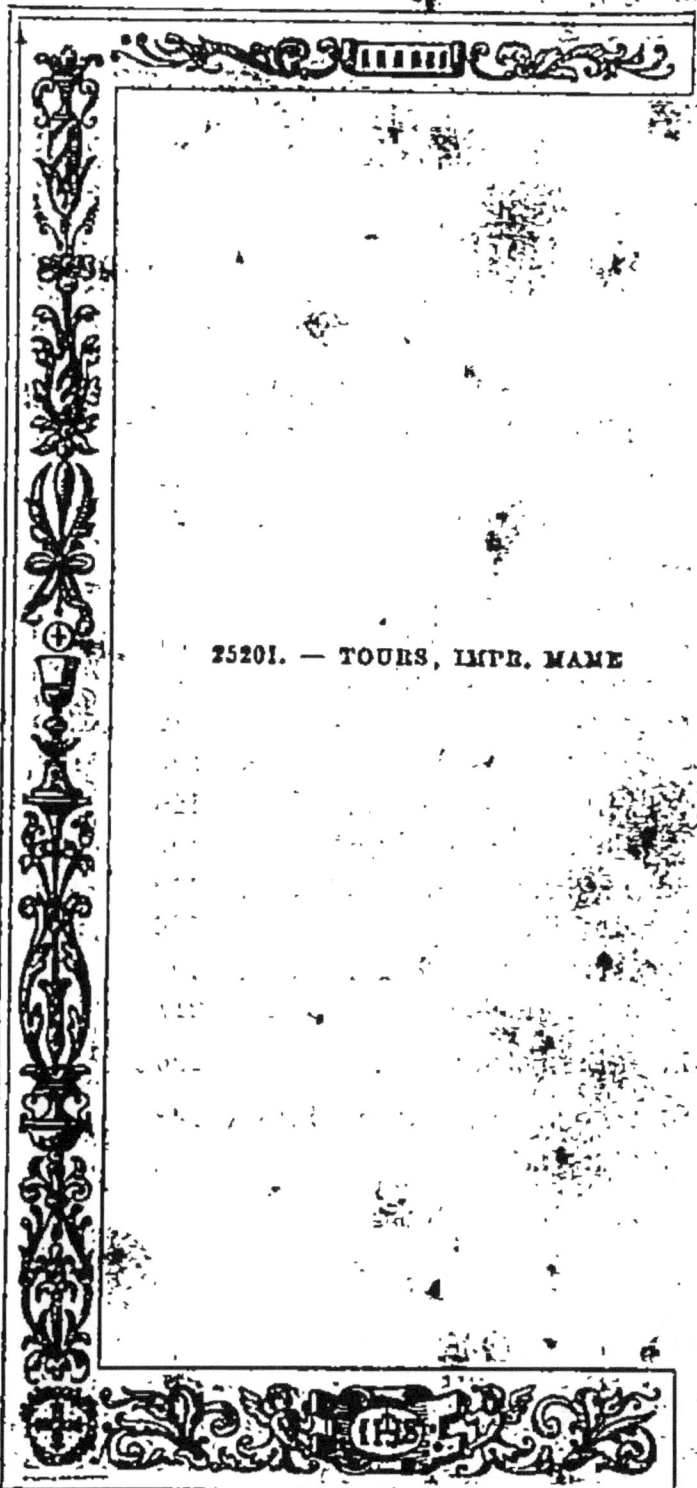

25201. — TOURS, IMPR. MAME

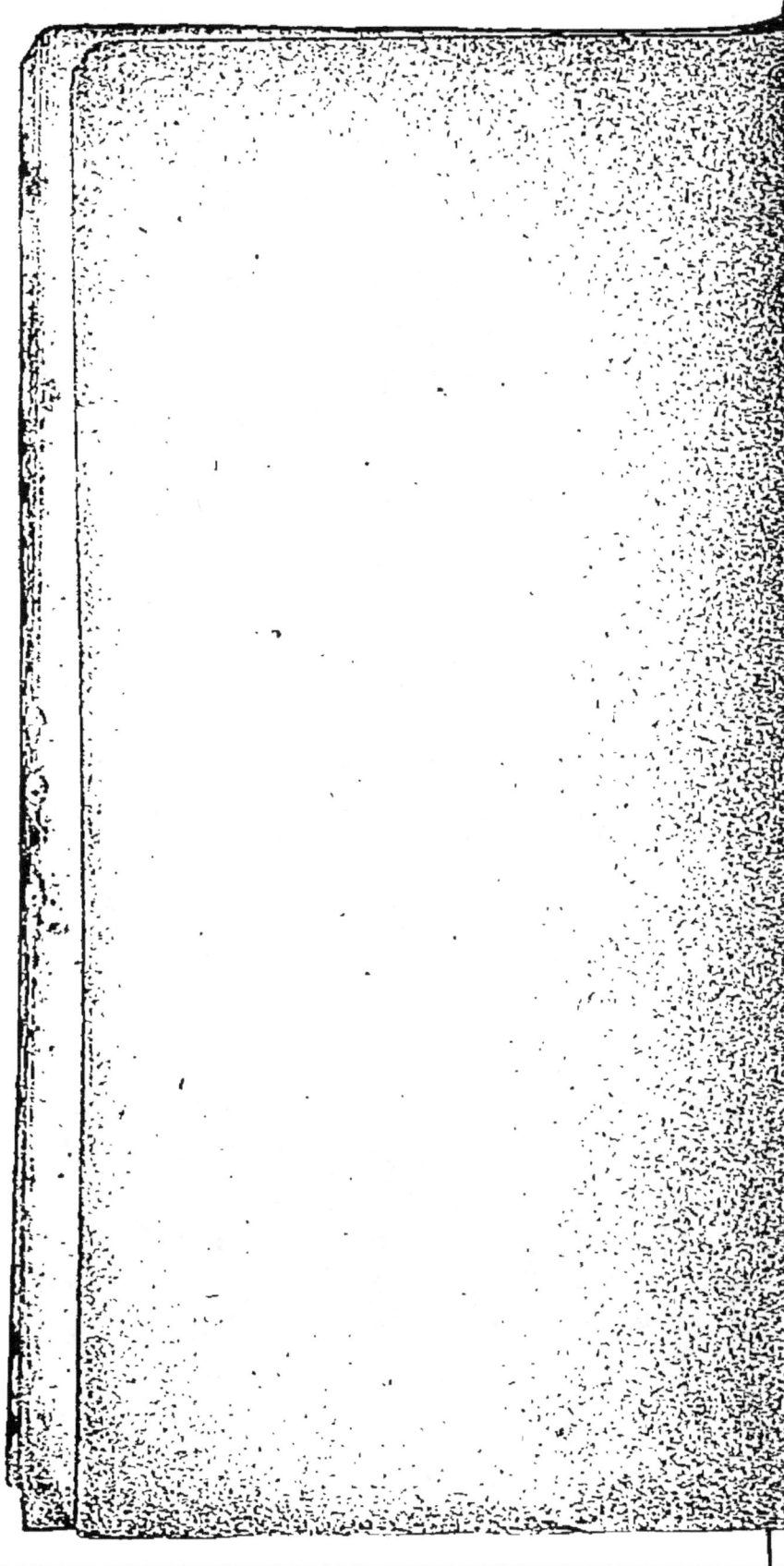

www.ingramcontent.com/pod-product-compliance
Lightning Source LLC
Chambersburg PA
CBHW070450030726
47503CB00004B/979